Entre fantasmas

ALFAGUARA

1993, Fernando Vallejo
© De esta edición:
   2005, Distribuidora y Editora Aguilar, Altea, Taurus, Alfaguara, S. A.
   Calle 80 N° 10-23
   Teléfono (571) 6 35 12 00
   Fax (571) 2 36 93 82
   Bogotá, Colombia

• Aguilar, Altea, Taurus, Alfaguara, S.A.
Av. Leandro N. Alem 720 (C1001AAP) Buenos Aires, Argentina

• Aguilar, Altea, Taurus, Alfaguara S. A., de C.V.
Avda. Universidad, 767, Col. del Valle,
México, D.F. C. P. 03100, México

• Santillana Ediciones Generales, S.L.
Torrelaguna, 60. 28043 Madrid

ISBN: 958-704-272-7

Impreso en Colombia - Printed in Colombia

© Diseño de proyecto de Enric Satué
© Cubierta: José Méndez

Entre fantasmas

Fernando Vallejo

Vejez hijueputa que pesas más que teta caída de vieja, a las siete y veinte se desató el terremoto. Estaba yo arrebujado con mi Brujita en mi cama (mi perra Bruja que es lo que yo más quiero), semidormido, semisoñando, soñando justamente con otro, el que tumbó El Gusano de Luz allá en Antioquia, en los felices tiempos de mi atrabancada juventud, viviendo Chucho Lopera y don Elías Aristizábal, maricas máximos, summa cum laude, pederastas desatados a quienes se les orinaban los niñitos en la cama cuando ¡pum! se desató el de aquí, el que tumbó medio México: empezaron a hablar las paredes, a decir, a protestar, a cantar el aria de la locura. Cuadros se caían, vidrios se quebraban, pisos se rajaban, y yo en un séptimo piso balanceándome como el péndulo de Foucault. "¿Será que ya me dio también el síndrome de Menière?" pensé. ¡Qué va síndrome! Era temblor, terremoto. ¡Pum! ¡Tan! ¡Tas! Se mecía el edificio como sacudido por un gigante borracho y rabioso. ¡Plaaaaas! Se desplomó el de al lado. "Se colapsó", como dijo por televisión el presidente:

—Hubieron muchos edificios colapsados —dijo el Tartufo— y muchos muertos.

¡Cállate imbécil! No les sumes a las catástrofes naturales las del idioma. Aprende a hablar. ¿O lo único que sabes es robar? ¡Hubieron! ¡Colapsados! ¡Ignoranta! Pobre país asolado sucesivamente por un perro, un Tartufo, un terremoto, un feto. ¡Ay Dios! Y yo que nunca digo Dios diciendo "Dios mío, ya, por favor, ya basta", olvidando en la confusión del momento que lo que Él primero tumba son las iglesias, verbigracia la catedral de Manizales a la que le ha descopetado, una tras otra, en dos temblores, las torres. Mi piano negro de cola salió por la vidriera y ¡ay!, fue a dar contra el pavimento de la calle, de mi Avenida Amsterdam, en perfectísimo acorde de Do Mayor: Do, mi, sol, do, mi, sol, do… Resonando sus armónicos en un quebrar de vidrios hasta el cielo. ¡Qué sonido el de mi difunto Steinway, qué altos, qué bajos, qué espléndido fue! ¡Qué bien me salía en él la sonata Tempestad, ay! ¿Y el Hotel Regis? ¡Al suelo! Colapsado. ¿El Hotel Versalles? ¡Al suelo! Colapsado. ¿La "unidad habitacional" Juárez? ¡Al suelo! Colapsada. ¿El Centro Médico? Ídem, igual, colapsado. ¿El edificio de la Conalep? Colapsado. ¿El Edificio Nuevo León? Colapsado. Miles de edificios colapsados, y bajo los edificios colapsados los homo sapiens enterrados. ¿Y el mío, el de Amsterdam? Más zarandeado que calzón de puta ya se iba a caer, cuando la furia de nuestra santa madre tierra paró. Paró en seco. Entonces vino la calma silenciosa de la muerte… Polvaredas subían hacia el cielo, y persiguiendo el polvo las llamas. Al norte, al sur, al este, al oeste, por todos los rumbos de la ciudad los incendios. Eran los edificios colapsados, y tras de colapsados incendiados. "¡Claro, por eso cortan la luz en los temblores!" pensé yo. Para evitar chispas. Chispas que incendien la paz social y prendan la revolución.

—¿Te asustaste mucho, negrita? —le pregunté a mi Brujita.

Y ella que sí, que no, que se sentía segura conmigo que la protejo de un rayo. Y así es, en efecto, si se le viene encima el maldito me interpongo yo. Ella es un gran danés de raza, y de alma un ángel. Alta, esbelta, de porte excelso y flexibilidad prodigiosa, lo más noble y hermoso que he conocido. Ya está viejita, "grande" como dicen en este país de eufemistas, pero ¡quién no! Negra ella y negra su sombra, de este lado del sol se ve doble… Así se ve ahora que salimos a la calle a inspeccionar los daños del terremoto, a verificar los estragos, a contar los muertos, y a conocer, antes que nada, las cuarteaduras sísmicas, las rajaduras de la tierra que con tanto que había vivido y me las habían ponderado aún no me había sido dado ver, como la que vi en esta ocasión que se tragó al policía, al extorsionador de tránsito, al "tamarindo" como llaman aquí a estos ladrones y no dejó del bandido ni el olor. No lo pudieron sacar ni con caña de pescar, y eso que le pusieron de cebo, en la punta, de anzuelo, un billete… Y después diciendo los de la inmobiliaria que lo único seguro en esta tierra es la tierra... Miren a ver si sí. La tierra es más móvil que mi destino, ¡rateros! Y el orden nada más que otro más entre los infinitos estados del caos. Pero basta de filosofías, Brujita, que hoy no está el palo pa cucharas y nos vamos a ver el rescate de los bebés.

Los bebés, cachorros de homo sapiens, berriones, barrigones, que no pudo exterminar san Herodes, el santo rey, muy resistentes son. Aguantan días sin leche, ni agüita, ni respirar, metiditos en cualquier huequito bajo los escombros, en un ángulo de dos vigas y una plancha de la construcción de cinco o diez o veinte pisos que se colapsó. Son como alacranes. Pues de los huequitos de los "multifamiliares" colapsados los iban sacando los espontáneos, los "hombres-topo", los "rescatistas heroicos" como los calificó Zabludovsky, un extraterrestre, un zanuco, un engendro de televisión. ¡Y aplausos de la multitud! Y yo con mi Brujita viendo, oyendo, presenciando, calculando las cifras de la matazón. The dead toll, como dicen en inglés. Entre hembras, machos y cachorros yo digo que veinte mil. A veinte mil ese día en un solo instante enterramos, a veinte mil cuando menos, pobres almitas de Dios. O mejor dicho, no los enterramos nosotros: los enterró el terremoto. Mas tan acostumbrado estaba el prigobierno a mentir, a robar, que sin darse cuenta por lo apurado del caso, pues los sacaron del baño con los calzones abajo, que mientras más fueran los muertos más la ayuda internacional, o sea más para robar, arrastrados por la inercia de su mentira esencial dijeron los consuetudinarios que los muertos fueron dos mil. Como si ellos también hubieran causado el terremoto... ¿Dos mil? ¡Dos mil vi sacar yo! Aunque ahora, desde la calma del futuro, con cabeza fría, viendo mejor las cosas, con los ojos de la Historia, pienso que sí, sí lo causaron. Aves de mala suerte, de mal agüero, ellos causaron el terremoto. Lo atrajeron con imán. Y cuando el perro López nacionalizó la banca para tapar sus robos, mi barrio que era una delicia se llenó de zancudos y no me dejaban dormir. ¡Claro que lo causaron! ¿Pero decía que qué? Que salí con mi Brujita a la calle a contar muertos, y a aspirar hondo, profundo, el aire de la vida, el smog. Smog con cadaverina. México, septiembre ¿del año qué? ¡Del año de la canica! De mi pasado remotisisísimo.

Ahora, como director de cine que soy, que fui, maestro eximio del Séptimo Arte y padre-artífice de tres películas, voy a pasar en ralenti desde mi escritorio negro el colapso de los edificios con la Arriflex de mi cabeza, y para empezar uno "de interés social", el Nuevo León, en el "conjunto habitacional" de Tlatelolco, que ¿saben dónde está? Cerquita de la plaza homónima donde Echeverría el bueno —el revolucionario, el santo, el autocandidato al Nóbel, al de la paz cuando le den la Secretaría de las Naciones Unidas— bombardeó desde el aterrado cielo a los estudiantes. ¡Y otra matazón! Pues el Edificio Nuevo León, de catorce pisos, cayó así: siete pisos, los superiores, se le descapotaron sobre la Avenida Reforma; y siete pisos, los inferiores, se colapsaron como castillo de naipes: uno tras otro tras otro sobre otro: tas, tas, tas, tas, tas, tas, tás, hasta formar un sandwich. Y como cada piso en realidad y última instancia no es más que un espacio vacío, paredes encerrando viento que es lo que le venden a uno estos rateros de la inmobiliaria, un sandwich de viento. Así el hermano de Neftalí Beltrán (del periodista y poeta, del que anduvo, ya saben, de diplomático en Varsovia), viviendo como vivía en el séptimo piso del Edificio Nuevo León, se encontró a las siete y veinte, de sopetón, sin techo, cobijadito en la cama; y desembarazado de los pisos superiores que le tapaban el cielo, fue bajando, sin tomar elevador (o descendedor), de piso en piso los inferiores que se le iban comprimiendo bajo sus pies hasta dejarlo abajo, a nivel del suelo. Entonces, caminando, por sus propios medios, salió tan campante a la calle, a Reforma, a las siete y veinte pasaditas, a preguntar qué pasó. Pasos más adelante lo atropelló y mató un carro. ¿Pero por qué estoy contando esto? Porque la vejez es así, anecdotera. ¡Ay la vejez!

Sí. ¡Ay la vejez! La vejez es verbosa, parlanchina, gárrula. Incontinente, insomne, avara, flácida. Olvidadiza, memoriosa, arteriosclerótica, cegatona, artrítica, friolenta, arrugada, manchurrienta, necia, obstinada, cerril. Sorda, lenta, tarda, terca, lerda, edematosa, dispéptica, colagoga, ética, canosa, calva, horrible, constipada, flatulenta, pilosa, fétida. Senectus excretio est, diría ciceroniando: la vejez es mierda. Calzón sucio, calcetín roto, analgésicos, descongestivos, digestivos, antiflatulentos, antipiréticos, y el Quinidín Durules que me aliviana el corazón. Del terremoto, aparte de la matazón, lo que más me gustó fue el rescate de los perros: del Centro Médico, las ruinas del Centro Médico donde los tenían para experimentos dizque para salvar humanos. ¡Qué más quieren salvar con esta proliferación de sifilíticos que viven por la penicilina! El Refugio Franciscano (así llamado por San Francisco, mi santo) liberó y acogió a los pobres animalitos. Esa sola escena del terremoto me conmovió, ¿y saben por qué? Porque desde hace años de años rompí mi pasaporte humano y soy un perro: alzo la pata y me orino en la estatua de Bolívar, la Catedral Primada, el hemiciclo a Juárez... Psssss...

¡Pero cómo un perro! Si López es el perro, ¿cómo voy a ser yo también? ¡Si hasta la noble especie de mi Brujita la deshonró este bellaco! ¿Y vive aún? Claro que vive, impune. Que está muy viejo, dicen, y arrugado. Que no se volvió a afeitar y le dio por pintar, y anda de chanclas y de jeans hecho un intelectual del Sena, con pelos en las orejas y su larga barba blanca. Pero tan soberbio como siempre. Tan pero tan tan. Que no está arrepentido de nada, dice. Pero adonde va le ladran. Sale por Reforma de su casa en la colina y los niños que lo ven les dicen a sus mamás: "Un gua guá".

"Mé-xi-có, Mé-xi-có, Mé-xi-có"… ¿Y ahora qué? ¿No los acabó el terremoto? No, es el mundial de fútbol, de balón y pata, en que la inteligencia humana se les va a las patas, y vuelto el hombre pata patea un balón. "Mé-xi-có, Mé-xi-có, Mé-xi-có" corea el pueblo imbécil, la horda, la chusma, la turbamulta, el monstruo paridor de infinitos culos y sin cabeza.

Me voy a la tienda y me compro un limón de Salerno, que aquí son nuevos. Esos lindos limones de la Costa Amalfitana, rudos, grandes, amarillos, rugosos, de cáscara gruesa, que conjuntan en su jugo todas las bellezas de Italia incluyendo playas, muchachos y monumentos. Y he ahí, para mí, su propiedad curativa: su gran poder de evocación. Son antifúricos: me los como a mordiscos ávidos con todo y cáscara y sal, y santo remedio, se me baja ipso facto la ira que me causa el mundo, lo mal que va, y siento como si se me desatara un viento de felicidad en la cabeza y me empezara a soplar sobre paisajes del recuerdo, de Italia, España, Francia por donde voy de muchacho, de tren en tren, despeñando gringos y envenenando viejas. Como a Madame Arthur, por ejemplo, la conserje, la putarraca que tumbé con arsénico. Pero esto ya lo conté en otro libro, ¿y repitiéndome yo?

Jamás. Tache, señorita, desde donde puso "Me voy a la tienda y me compro un limón", y retomemos de ahí. ¿Qué fue lo último que dije quitando eso? "Y sin cabeza", punto. Exacto, punto. Pero borre también ese párrafo, y el anterior. Y el anterior y el anterior y toda esa historia idiota del terremoto y volvamos a empezar de cero. Borrón y cuenta nueva. Da capo.

Llama la muerte furiosa aleteando en mi ventana. Punto. Viene por mí. Punto. Dizque a llevarme en sus alas de vejez, de enfermedad, de pobreza. ¿Y qué te vas a llevar, estúpida, si no soy nada? Rugir de viento, espejismo de palabras... Llévate más bien a uno joven, rico, sano, abusiva. Deja de molestar a los viejos. Y tú cállate, Bruja, escandalosa, que no la vas a parar con tus ladridos. Que pase, que entre, que nos lleve a los dos. ¿Se va? Se va, se fue, la ahuyentó el aguacero. Mírala cómo huye con su traperío de garras, su boca desdentada, su aliento fétido. ¡Cobardona! ¡Qué tal que te hubieran tocado los aguaceros de Santa Anita, que calmaban a las cigarras calenturientas, y sacaban del pantano sapos y culebras! Muerte estúpida, collona, follona, no sabes lo que es llover. ¡Y al diablo con todo esto! ¡Da capo!

"Tre giorni son che Nina in letto se ne sta. Pifferi, cembali, timpani, svegliate mi Ninetta, acciò non dorma più", y eso es todo, nada más. Pero con ser tan poco es lo más hermoso que yo haya oído. ¿Y sabes de quién es, Brujita? De Pergolesi. Del que le dictó a Mozart el Requiem cuando Mozart se moría: se lo dictó desde el fondo de la muerte, del otro lado de la cortina. "Tre giorni son che Nina in letto se ne sta". ¿Nunca te lo canté? ¡Si hace años que lo había olvidado, décadas! Yo ya cuento por décadas. ¿Cuántas? A ver, a ver, tendría yo diez años cuando se lo acompañaba al piano... Ella era una mujer vieja, de cuarenta años, casada con un viejito de cincuenta o cien. Gorda ella, enorme, toda una soprano de ópera y en Medellín, ¿te lo puedes imaginar? En ese pueblo con pretensiones de ciudad porque acababan de salir del tranvía de mulas... Y yo acompañándola al piano, de gafitas redonditas de carey. ¡Quién más iba a tener piano en Medellín! ¡Nosotros! La gente se arremolinaba en la ventana a ver, a oír, a no creer: esas notas altísimas, altisisísimas que daba ella y que se iban hasta el cristal del cielo y rebotaban de vuelta aquí a la tierra, a este mundo vulgar y les daba risa: empezaban a reírse con esas risitas nerviosas de ignorantes, burlonas, del pueblo vil. Yo cerraba el piano con un golpe de ira y delante de Blanquita les arriaba la madre. ¡Eso! ¡Blanquita! ¡Ya me acordé! Blanquita se llamaba, ¿pero Blanquita qué? El apellido, el apellido que nunca logro recordar... ¿Y sabes, Brujita niña, qué es en Antioquia "arriar la madre"? Recordarles lo mal nacidos que son, la puta de donde salieron, la ramera vil y sucia que los malparió. Todo eso les decía y nos mandaban una andanada de piedras, contra el piano, el cuarto, la ventana; una vez que no la alcancé a cerrar me descalabraron. Colombia es así, Brujita, país violento. ¡Y qué aguaceros! ¡Nunca te podrás imaginar qué aguaceros! Eso es llover. No como estos miaditos de lluvia de aquí, chipichipis. Por eso aquí no hay ríos. Por eso este país es un desierto. Colombia no. Colombia, Colombina, Colombita, pobrecita, la muerte me está rondando y ya no te volveré a ver. Ni al gavilán volando sobre tus platanares. Ni volverá a soplar en mi alma apagada el viento de tu locura. Ni me volveré a bañar, entre tus pececitos, en las aguas transparentes del Tonusco, que va al Cauca, que va al Magdalena, que va al mar. ¿Quién es? ¿Quién llama? Nada, nadie. Es la puta muerte que se va con todos y viene por mí. No le ladres, Brujita, déjala pasar, que entre.

Retomando el hilo perdido del relato, ¿dónde iba, señorita, antes de venir a México a hacer películas y a buscar a Barba Jacob? ¿Dónde me quedé? Se quedó al final de un libro, en lo alto de un edificio, y bajo sus pies un incendio y tratándolo de apagar los bomberos. ¡Ah sí, el Admiral Jet! ¡Pero quién apaga un edificio de cartón! Y después, cuando se ahogaron en su propio fuego las llamas y se achicharraron los negros, la policía removiendo cenizas, dizque buscando huellas… ¿Huellas? ¡Pavezas! ¡Corran detrás del viento! Ardieron con el edificio todas las "evidencias", como diría don Zabludovsky el zanuco, queriendo decir las "pruebas" el analfabeta animal. Punto y aparte, señorita, abra otro párrafo y que se quede inconcluso lo inconcluso y sin atar los cabos sueltos que no soy perfeccionista ni como mi tía abuela Elenita que se devolvía media colcha, la deshacía, para componer un punto que se saltó. Y vámonos ahoritita mismo a México con el abrigo que me regaló Salvador y que tiré al primer bote de basura en el mismísimo aeropuerto tan pronto se dio media vuelta y nos dijimos adiós, porque para qué quiero un abrigo en pleno México en febrero, yo que no cargo ni con los recuerdos...

¡México, los recuerdos! Recuerdo las iglesias y el tañer de las campanas y que cantaban los gallos: en las azoteas de la mismísima calle de Madero, en pleno centro. Desde mi hotel los oía, al amanecer, despertándome, compitiendo con las campanas a ver quién podía más, vibraba más, quién tenía más alma. ¡Qué algarabía! ¡Cuándo iba a oír yo tañer campanas en Nueva York ni cantar un gallo! Nueva York, ciudad muerta, de descreídos. Mi llegada a México fue para mí la vuelta a la vida, padre: a otro ritmo, a otra luz, a otro cielo, se lo confieso. ¡Qué lejos se quedaba esa desventurada ciudad sin alma, émula de la pentápolis, con sus fornicaciones, sus sodomías, sus excesos, sus negros. ¿Negros dije? Dije, ay sí, pero racista nunca he sido y me explico: los negros no son otra raza, son otra especie, que von Linneo nunca clasificó. Especie buena para el sexo eso sí, para el pecado de la bestialidad que también cometí, yo, padre, violador además de cadáveres, bellezas insepultas en noches de luna llena. A-cu-so-mé. Mea culpa. De penitencia póngame lo que quiera: un Te Deum, dos novenas, cuatro misas, diez rosarios; una sopa de murciélagos o subir y bajar, subir y bajar la roca de Sísifo hasta el piso ciento y tantos del Empire State o el pico del Mont Blanc, para lanzarla de ahí, para volverla a subir y volverla a despeñar. Lo que yo he pecado en esta vida padre no tiene nombre, no tiene madre. A-cu-so-mé. ¡Y adiós Nueva York, o mejor dicho al diablo! Atrás te dejo pesadilla de heroinómano con tus negros zánganos, tiritando en el frío de una nevada.

Dejamos dije pues al final del otro libro ardiendo el Admiral Jet en el fuego de Sodoma. Sólo me resta agregar aquí para no dejar cabos sueltos (mirando atrás de soslayo, como quien no quiere la cosa, para no irnos a convertir en estatuas de sal según advierte la Biblia, el libro de los incestos), que el incendio que yo provoqué y que iba a ser el acabose y a quemar media tierra lo apagó una nevada. Se soltó la nieve de sopetón y ¡pum! lo apagó. Bajé en pelota bajo la nieve por la escalera de incendios, y días después, aceitaditos los engranajes del destino, suavecito, como sin yo querer, llegaba Píramo a México con un maletín de mano. Un mero mísero maletín de mano que ni me revisó la Aduana. Salí del aeropuerto al sol del día y me recibió sonriente la mañana. Es la ventaja de andar ligero de equipaje: se monta uno en cualquier camión y la vida fluye más rápido. En el camión amarillo, viejo, rayado, destartalado, cantando tuercas y tornillos y un ciego iba pensando rumbo al centro en la maravilla de negocio que hice cambiando a Nueva York por México, nieve por sol. Salí ganando. México, la verdad sea dicha, con tanto indio vale infinitamente más que los Estados Unidos con tanto negro. La que sí está irremediablemente perdida es Colombia con indios y negros: se cruzan estas especies hominoides, asesinas, y producen: zambos, fulas, mulatos, mandingas y salta p'atrás. Saltapatrases. Contadas veces sirven estas cosas para algo; como carbón de leña de cocina si acaso, porque ni para objeto sexual. ¡Ay san Adolfo Hitler mártir, santo, levántate de las cenizas de tu búnker!

Voy ahora por la mañana soleada, luminosa del recuerdo y la avenida San Juan de Letrán entre el bullicio callejero: entre los vendedores de tacos y carnitas mantecosas, chorreantes, los mendigos, los claxons, los baches, la mugre, la vida, los perros cuando de súbito advierto que en los puestos de periódicos venden también historietas, las "revistas" de mi niñez, las historias verídicas a más no poder puesto que están impresas e ilustradas del Llanero Solitario y Supermán que alumbraron tantas horas tediosas de mi infancia ignorante del pecado mortal. Sopló una ráfaga de felicidad y el día se hizo más claro y luminoso y recuerdo que recordé a Medellín y mi viejo barrio de Boston por cuyas calles en pendiente iban los niños, íbamos, cambiando historietas y fumando marihuana los marihuanos. Aspiré su humo inefable y volví a ese otro espejismo mañanero y por un instante, tan lejano en el espacio como en el tiempo, torné a ser niño y fui feliz. A México le debo por lo menos ese primer instante de felicidad: aunque no mía, de un niño, de otro, el que fui, lejana, ajena. Ahora entiendo por qué mis cuarenta años que siguen en este país están vacíos, muertos, no cuentan: porque poquito a poco, pasito a paso había dejado de vivir en el presente para vivir en el pasado, y mientras más pasado ese pasado y más lejano, más espléndido. Lo que llaman felicidad, ahora lo sé, no existe: es un espejismo del recuerdo. En cuanto a mi felicidad, la mía, la encuentro en mi niñez, pero desde aquí y ahora, no allá ni entonces: apresada en la cárcel del colegio salesiano o la pelotera cotidiana de mi casa mi niñez fue un infierno. Por nada del mundo quisiera volverla a vivir. ¡El espejismo de la felicidad! Filosofías de borracho. ¿Y yo borracho? Jamás, señorita. Tache lo dicho.

Tache y vuelva a empezar, o mejor retome desde donde me perdí y ponga lo que le voy a dictar abriendo párrafo aparte: Comparando con los Estados Unidos sólo le veía a México virtudes al llegar; los años después se encargarían de hacerme ver sólo defectos. Así pasa. No hay país que aguante dos años sin mostrar el cobre. Este es un país irresponsable, educado en la mentira lambiscona de un partido abyecto. Pero Colombia es peor, eso sí, mea culpa. El hombre en lo más hondo de lo más hondo de lo más hondo de su alma oscura es un ser malo, y mientras uno más vive y más lo conoce más malo es. Aquí, en la China y la Cochinchina y en el Perú donde también he estado, y en Bolivia y en Ecuador y de uno y otra y otro se me vienen ahora al recuerdo sus indios sucios: huelen a lo que huelen los indios del departamento de Boyacá en Colombia por el que también pasé, rapidito: a mugre rancia. Bajo las ruanas cochambrosas o en los rebozos las indias llevan inditos recién nacidos, cachorros de indio, colgando, pegados de las glándulas mamarias de ellas, las zarigüeyas. ¡Pero en dónde me quedé, ay México de mis recuerdos! En las campanas, en las iglesias. Ah sí, en San Francisco, San Felipe, San Miguel, Santo Domingo, San Hipólito, San Jerónimo, el Sagrario, la Profesa, el santoral de sus iglesias. Volvía por la calle Madero, la de mi hotel, la de los gallos, cuando de súbito, de sopetón, echando al vuelo las palomas dieron las once las campanas. Vuelan las palomas del recuerdo de torre a torre, de iglesia a iglesia en un repicar de bronces sacudiéndose las horas con su aleteo y avivándome la memoria.

Veinte de diciembre a las ocho de la noche en Santa Anita. ¿Pero diciembre del año qué? Del año de la canica, de mi pasado remotísimo, matusalénico, que dizque también tuvo infancia. Del año en que mis padres (porque también los tuve) viajaron a México en misión oficial y regresaron esa noche cargados de valijas y valijas de impunidad diplomática reventando de regalos que iban surgiendo de las maletas como del sombrero de un prestidigitador, inagotable y sin fondo, o por la magia de Aladino: maromeros de cuerda, carros de bomberos, trenes eléctricos, payasos parlantes, pájaros emplumados, santos fosforescentes, carillones, pistolas, fusiles, ametralladoras, un jeep. Estábamos en el corredor delantero de nuestra finca Santa Anita con los abuelos rezando la novena del Niño Dios cuando de la portada (donde empezaba nuestra carreterita privada de piedras blancas bordeadas de naranjos y carboneros) surgieron las luces de unos carros taladrando la oscuridad. Eran ellos que volvían. Señorita: es falso lo que le dicté hace un ratico, que la felicidad sólo existe en el recuerdo. Falso y falsísimo. La felicidad también existe en el presente, en el aquí y ahora del efímero momento que se va volando rápido, sin dar tiempo siquiera a ponerse uno la mano en el corazón para sentir que sí, que así es, que se es feliz. Taladrando los faros de esos carros la oscuridad esa remota noche de diciembre en que rezábamos la novena del Niño Dios en el corredor delantero de Santa Anita, rodeado de mi abuelo, mi abuela, mis hermanos, mi tía abuela Elenita y mi perro Capitán, regresando mis padres de México, a las ocho, fui feliz. Era desmesuradamente feliz. Cuánto hace que se murió el abuelo y se le rompió la cuerda al maromero; que se murió la abuela, que se murió Elenita, que se murieron mis padres y mis hermanos y ni se diga mi perro Capitán y no obstante, pese a todo, sin embargo, el resplandor de esa felicidad, de esos faros, es tal como para alumbrar años y años de cualquier horror oscuro, cincuenta, o cien, o más, hasta aquí. Hasta aquí me llega.

A raíz de ese viaje de mis padres supe de México y sus pirámides del sol y la luna y las trescientas sesenta y cinco iglesias de Puebla y Cholula, una para cada día del año. Y ahora heme aquí viniendo de la nieve de Nueva York, dizque a hacer películas. Dieron las once las campanas de Madero y recuerdo que recordé a Santa Anita. Ya había muerto mi abuelo y empezado la Muerte, con su socio el Tiempo, a barrer con todo y a hacer estragos, en mí y afuera. Pero una cosa, eso sí, les digo: yo, más terco que mi abuelo lo cual ya es decir (decir más terco que la terquedad mismísima, obstinada, emberrinchada, ciega) no me pienso morir sin hacer una película para denigrar de Colombia, una al menos. Para eso nací. Y si no la pude hacer a los veinte años en Colombia la mezquina, la hago a los treinta o cuarenta o cincuenta o cien en México, en Brasil, en Marte, en la estratosfera. La hago porque la hago así Colombia enterita se me oponga. Ese país miserable nació para ser presidente de la república: yo para llenar de luz una sala oscura. El cine es como yo que lo puede todo. Miren si no:

en esa goleta que avanza sobre el mar picado hacia la sala absorta viene el Corsario Negro a atacar, vengo yo. ¡Al abordaje!

Mandinga es el diablo y también un bailadero que está en Veracruz: a la orilla de un lago o charco quieto, pero quieto quieto y yo necesito que se mueva, que fluya, corra, atropelle como río enfurecido, endiablado de Colombia, salido de madre, arrastrando cadáveres: de liberales y conservadores por igual, sin distingos de colores ni ideologías, por parejo, decapitados, despanzurrados, viajando hacia la eternidad río abajo con gallinazos encima picoteándoles las tripas. Gallinazos, o sea zopilotes, buitres. Negros, negros, negros como la puta muerte negra y roja de sangre. Tocan "Boquita salá", la cumbia, en el bailadero, y la bailan veinte o treinta parejas y a mí me palpita el corazón porque a pesar de estar en México, en Mandinga, todo pasa como si fuera en Colombia. Con decirles que en los muros del bailadero hay hasta anuncios de los cigarrillos Pielroja, que son de allá. "Fume Pielroja, su fama vuela de boca en boca" dice el anuncio, como decía la Voz de Antioquia, la emisora de Medellín. ¿Otro espejismo? ¡Qué va! Si fuera marihuana… ¿Pero inocentes cigarrillos Pielroja? Todo aquí es real. Se siente hasta el calor de tierra caliente, húmedo, pegajoso, palpitando el aire de realidad. Yo estoy a una mesa solo, invisible, conmovido. A una mesa cerca a la mía unos campesinos beben cerveza. Son bandoleros. Y vaya si lo sé yo que sé todo lo que ha pasado ese día y lo que va a pasar esa noche cuando se ponga el sol tras los farallones y nos volvamos a encontrar, en una cantinita de la cumbre de la montaña por cuyas ventanitas de postigos se cuelan las nubes fantasmales hechas jirones, a estos viejos conocidos de Mandinga, más otros, bebiendo aguardiente. ¿Más otros campesinos? ¡Sí, campesinos! "Váyase con ese manto a misa", como decía mi abuelo. Compinches, bandoleros, son la cuadrilla de Sangre Negra quien lleva sobre su conciencia, él solito, quinientos muertos repartidos en cuatro o cinco genocidios y reunidos en un sumario polvoso, gigantesco. ¡Campesinos! Lobos con pieles de cordero. El campesino colombiano, por lo demás, es lo más malo que parió la tierra. "El monte parió un ratón", dice Virgilio. Aquí parió una rata, que se reproduce con la bendición del Papa. Porque esta plaga del campesino colombiano, que lo que no se roba lo daña, y al que no se deja lo mata, pare, pare, pare. Es un cáncer metastásico. Pero no más generalidades y a lo que vamos. A lo que te truje, truje. En el páramo frío de helechos y frailejones, no lejos de la cantinita fantasma, en el famoso "alto de La Línea" donde la carretera corona la cordillera para empezar a bajar, cuando acabe de oscurecer y la noche se haya puesto negra, negra, color de zopilote, Sangre Negra y su cuadrilla van a atacar, a asaltar un camión de pasajeros, a masacrarlos. Uno de esos humildes camioncitos "de escalera" de seis o siete bancas para treinta o cuarenta pasajeros, hechizos, que van, que iban, al borde del precipicio de Colombia cabalgando las montañas.

Este de que les hablo y que quiero especialmente porque en él atravesé una noche, yo el único en el mundo, de punta a punta la capital de México sin que los transeúntes lo pudieran creer, viéndolo como una aparición o la anticipación de un circo, éste, con su paisaje de lagos en la cola, con sus foquitos rojos, con sus colores vistosos, se llama "El Llanero Solitario". Así lo puse yo pero lo hubiera podido poner cualquiera. Allá, en Colombia, así los llaman: "El Desperdigado", "El Fantasma", "Mandrake el mago"… Y en el paisaje de atrás, como puede ir un lago y en el lago nadando un cisne (que allá no hay, allá hay patos), puede ir Cristo crucificado. O pueden ir montañas, lo cual es un pleonasmo, porque montañas viajando sobre montañas… En cuanto al nombre, "El Llanero Solitario", va adelante, adentro, frente a la banca del chofer. Y a lado y lado del letrero, estampitas enmarcadas del Corazón de Jesús y la Virgen del Carmen con foquitos rojos alumbrándolas, y alumbrando de paso con sus débiles lucecitas el interior del camión que avanza en la vasta noche de Colombia sombría y tétrica. ¿Hoy quiénes van a atacar? ¿Bandoleros conservadores, o liberales? Si los bandoleros son liberales, a rezar conservadores y a encomendarse al Corazón de Jesús, al que está consagrada Colombia. Si los bandoleros son conservadores, a rezar liberales y que la Virgen del Carmen los ampare con su manto. Y si usted es ateo (pero en Colombia no los hay) y por definición no cree en Dios, entonces récele al Diablo para que no se lo lleve. Pero rece, recen todos y encomiéndense al que sea porque van a morir...

Pero me estoy anticipando y ya los llevo del cabestro por las brumas de esa montaña barranca arriba al final del día con más prisa que la del camioncito por llegar sin saber que lo único que le espera es lo que nos espera a todos, la Noche-Muerte. No anticipemos, no corramos, que de la carrera no queda sino el cansancio como decía mi amigo José Ruiz, que ya murió, descansó. Íbamos una tarde en Nueva York detrás de un muchacho a toda prisa, y me dice este montañero a mí, su paisano y traductor del español antioqueño o paisa al inglés:

—Decile a esa belleza que de la carrera no queda sino el cansancio.

Y yo al difunto:

—Y cómo te traduzco eso al inglés, animal. Sacá la plata.

¡Money, money, money! Pero volvamos a Mandinga, al bailadero, a la mañana de tierra caliente a bailar "Boquita salá", la cumbia, la más hermosa, que suena en el traganíquel porque la puse yo. Bailábamos cuando de sopetón, sin mediar palabra, se armó la pelea. La riña, la gresca, la gran trifulca en que vive enredada Colombia, hijueputiando, tiroteando, acuchillando porque sin matar no puede vivir. Vuelan botellas, vasos, sillas, caen mesas, y ahora están sacando del local, arrastrándolo, un cadáver, el muertico de toda fiesta y que en ésta no podía faltar y que va dejando, sobre el embaldosado del piso, un rastro de sangre. ¿Qué pasó? ¿Lo mataron? Qué va hombre, es que estoy filmando: la primera secuencia de mi segunda película que es la que le estoy contando y que pasa, como la primera, en Colombia, aunque las filmé ambas en México reconstruyendo detalle por detalle, con devoción filial, con veracidad meticulosa, ese país, la matazón. Los botes de sangre Mac Factor que me he gastado en mis reconstrucciones fílmicas del país del Corazón de Jesús ni se los imagina usted. Ni los machetes, ni los decapitados, trucados. Trucados, claro, porque hasta ahora y por más que uno lo quiera, ningún director de cine le ha podido cortar la cabeza a un actor de a de veras. Los protegen unos sindicatos alcahuetas, corruptos.

Diez años largos, eternos, de antesalas mendigándole a la burocracia oficial mexicana, que controlaba el cine, me costó filmar mi primera película.

—¿Y quién es usted? —preguntaban—. ¿Y qué ha hecho?

Y yo:

—Yo soy el que soy y no he hecho nada. Pero quiero hacer.

—Pues para que pueda hacer ya tuvo que haber hecho porque sin experiencia nada. Imposible.

No podemos arriesgar millones y millones de presupuesto oficial sagrado en un desconocido. Mejor nos los embolsamos de una vez sin correr riesgos.

Y yo:

—Por favor, por caridad, se lo ruego, me estoy muriendo.

Sin haber hecho una película yo me sentía como ese muchachito de los "Trenes rigurosamente vigilados" sin conocer mujer. Un fracaso vivo, una llama ardiendo. Lo que rogué, lo que supliqué... Y ellos:

—Que no, que no, que no.

Si el cine colombiano no interesaba ni en Colombia, ¡qué iba a interesar en México! Y pretender recrear a Colombia en México, ¿no se me hacía una locura? Si ni se parecen. Que mirara nomás estas autopistas de aquí de seis carriles señalizados, modernos, con fantasmas luminosos que fosforecen en la noche y compare con las fotos que trae de esas carreteruchas de terraplén, sin asfaltar, "destapadas" como las llama usted. ¿De dónde las va a sacar? ¿Le destruimos una autopista para que pueda filmar su película? Y yo que sí, que no, que la maquillamos. ¿Y de dónde va a sacar los camiones "de escalera", y esas montañas altas, altas, con desbarrancaderos, y esos ríos enfurecidos, "enverracados" como dice usted? ¿Le hacemos enverracar al Papaloapan? (El Papaloapan es un río quieto, terso, el río de Parménides que no se mueve: no el río de Heráclito arrastrando hasta las edades, troncos, vacas, decapitados, que es el que necesito yo). Y además de que no se parecían, Colombia aquí no se entendía. ¡Quién entiende esa faramalla de conservadores y liberales matándose por retóricas! ¿Sin que se sepa por qué? Éste es un país de partido único, en paz, no un país salvaje. ¿Que elecciones? No conocemos esa alcahuetería de palabra. ¡Para qué elecciones si aquí todo está prefabricado, cocinado, listo para comer! ¿Y por qué en sus guiones se hablan de usted los hermanos? ¿A poco así es allá?

—Sí.

—Pues por lo menos cámbieles el usted por el tú, que no cuesta.

Y yo:

—Jamás. A mí no me cambian de ese guión, de esa película, de este libro ni una coma. Como hoy dice la misa: palabra de Dios.

—Bueno pues, de los camiones de escalera dos a lo sumo le construimos para que pueda explotar uno, pero el caserío de casuchas de tapia que piensa quemar, ¿se lo construimos también?

—También. Para eso está el cine, para hacer milagros. No veo por qué si los gringos pueden construir Roma en Hollywood, o Marruecos, o Samarkanda, no puedo recrear yo aquí a Colombia.

—Porque esto no es Hollywood.

Pero convencerme a mí de algo era como convencer a mi abuelo, una tapia, una de esas tapias del caserío que pensaba construir y quemar y que construí y quemé porque por algo era nieto de mi abuelo. ¡Qué incendio! ¡Qué esplendor! Su fuego enfurecido aún arde en mi alma, quemándome hasta el recuerdo. Sobre la pantalla luminosa, en la oscuridad de la sala, pasa la Violencia colombiana arrasando ciudades, decapitando pueblos. Paso yo.

Sus películas pues, si bien entiendo, son una denuncia. No, son una complacencia. Yo me complazco en matar, tú te complaces, él se complace, el país se complace… Verbo irregular éste, de esos que abundan en castellano y que Colombia la analfabeta, como por ciencia infusa, conjuga tan bien. Si yo hubiera sido un campesino y nacido en el Tolima, vamos a suponer, habría sido Sangre Negra. Como no lo soy ni nací no lo fui. Soy un director de cine que hace correr ríos de sangre Mac Factor.

El axioma que presidió mis sueños de director de cine era éste: yo filmo una historia cualquiera sacada, con escrupulosa verdad, de los periódicos colombianos, de violencia y odio, de fracaso y muerte, y meto a Colombia entera en una película. ¿No se les hace una hazaña? ¿Comprimir un país de veinte o treinta millones en hora y media, en diez rollos? Claro que lo era. Sangre Negra, Alma Negra, Tirofijo, Capitán Veneno, posesiónense de mi alma, bandoleros, vengan a mí. Me dejaba invadir del espíritu de Colombia, de Thánatos, y ya, a filmar. ¡Un masterpiece, un capolavoro!

Si la memoria no me engaña (y cómo me va a engañar, a mí, el autor, Funés el memorioso), ya conté páginas atrás, libros atrás, la historia de Camilo Correa y Procinal, el pionero del cine en Antioquia y su empresa: los equipos que compró y trajo de Hollywood, cámaras, moviolas, reveladoras, copiadoras; los millones que se gastó cavando un inmenso pozo gigantesco para las tomas submarinas "que se pudieren ofrecer"; las acciones que le vendía por la Voz de Antioquia Martinete, el padrino de la iglesita del Niño Jesús, más falso que Pío Doce; su película "Colombia linda" que se le quedó como la sinfonía a Schubert, inconclusa; la quiebra, el remate, la cárcel... Lo que sí no conté, porque aún no lo sabía, fue el final, el espléndido final que supe luego cuando al cabo de los años (o mejor de las décadas, que es como cuento yo) me volví a encontrar en Medellín, adonde habíamos regresado a morir como a no sé qué playa qué ballena, a mi lejano amigo de Roma y el Centro Experimental Javier Betancur, quien había coincidido en esa ciudad y en ese lugar conmigo, acometido como yo por la misma quimera que enfebrecía entonces a Colombia en una pausita de matar, muertos ya y anticuados y burlados sus poetas, la del cine. En Roma vivía Javier en las afueras en un trailer con una polaca y estaba loco: así por lo menos lo veía yo desde mi serenidad equilibrada. Después nos fuimos de Roma a dar tumbos por la vida cada quien por su lado y pasaron los años: páginas y páginas y páginas del libro del destino como sopladas por un ventarrón. Una tarde calurosa de Medellín nos volvimos a encontrar, ya viejos, y me contó sus andanzas por la India, Siberia, la Atlántida, el Congo, Nueva Zelanda, Gorgoria el continente de fuego donde las mujeres tenían tres o cuatro tetas y el final de Procinal, el definitivo final, sonoro y luminoso. Ocurre así: las cámaras, las moviolas, las reveladoras, las copiadoras fueron vendidas en subasta pública por cualquier bicoca tras la quiebra, y a "Colombia linda" la compró el padre de Javier pesada en una balanza de granero: rollos y rollos y más rollos sin sonorizar o sin editar o sin copiar o sin revelar, que guardó en su casa "para acabarlos algún día". ¿Acabarlos? ¡Jua! "Colombia linda" lo acabó a él. Y es que esos rollos y rollos y más rollos estaban en ese material inflamable que constituía el soporte de las películas de antes, el acetato de nitrocelulosa, pariente de la dinamita y malgeniado, que a cualquier cambio de temperatura y humor, porque se enverracó el calor o porque salió la luna fría, hacía ¡pum! y volaba el cine. ¡Cuántos cines no murieron así, cines heroicos, de los tiempos de antes! Pues lo que les pasaba a los cines le pasó a la casa de Javier una noche en que dormía apacible la familia y "Colombia linda" hizo ¡pum! y les voló la casa. Explotó, los despertó, los hizo salir corriendo. ¿Y no habría forma, para la invaluable historia del cine colombiano, de reconstruir lo que quedó? Sí: pegando cenizas.

En cenizas quedó el porvenir del cine colombiano, salado para la eternidad. Per aeternitatis

aeternitatem. Nadie pero nadie nadie incluyén-
dome a mí, su servidor, el nieto de mi abuelo, pudo romper la salazón: treinta o cuarenta intentos
se hicieron y todos se quedaron como "Colombia
linda", fallidos, inconclusos, en el aire. Ahí estaba
la Aduana para impedirnos entrar el negativo, y el
Instituto de Comercio Exterior para negarnos la
importación de los equipos. Ahí estaba la Dirección de Tránsito para prohibirnos filmar "en la vía
pública", y el alcalde para mandarnos la policía y
la policía al ejército y el ejército para decomisar-
nos las pistolas de utilería o darnos bala. Ahí estaba la Junta de Censura para vetar la exhibición
de la película por mentirosa, por calumniosa, por
tendenciosa, porque Colombia no era así, un país
leguleyo y asesino, qué descrédito, qué iban a pensar en el extranjero. Ahí estaba pues, en suma, la
oficiosidad, la solicitud, la diligencia, el fervor, el
celo, el esmero, el desvelo de un país entero de servidores públicos expertos en prohibir, impedir,
obstruir, interceptar, dificultar, empantanar, ve-
dar, vetar, negar, denegar, obstar, frenar, atascar,
trabar, entrabar, entorpecer, estorbar, oponerse.
Nada coordinado, pensado, planeado, todo espontáneo, salido del corazón de cada quien. Un país
así no tiene derecho a hacer cine. El cine es para las
grandes naciones, no para los paisuchos de quinta del trópico que tienen el alma corroída por el
deseo de servir, por esa vocación de "servidores
públicos" que heredamos de España. ¿Servidores?

¿Públicos? Pública será su madre, la de ellos, Colombia, España, la madre patria.

Pero cuando Javier me contó el desenlace insólito de "Colombia linda" y Procinal no me indigné, me reí, me sentí orgulloso de ese final que no estaba escrito en la manida palabra "fin" con que acaban todas las películas, sino atomizado en el aire, digno del más loco de un país de locos. Y entendí de paso por qué Javier había ido a dar a Roma y al Centro Experimental de Cinematografía como yo: porque íbamos a salvar el honor nacional quemado y a filmar la gran película, la que volviera del Festival de Cannes con más palmas que una palmera.

Antes de que sucumba al mal de Alzheimer y se me olvide lo que les iba a decir, ¿qué es lo que les iba a decir? Ah sí, que Javier Betancur murió en Medellín como yo. Como yo voy a morir, quiero decir, porque yo, por convención literaria, aún no muero. Les he acabado de contar así, en este libro de los finales, el final de Procinal por dos razones: una, porque no me gusta dejar historias ni libros inconclusos, como coitus interruptus; dos, porque sí. Y adelante señor don José María de Pereda de Peñas Arriba y La Buchera con el recuento de esta pobre, ilusa vida mía, una tormenta de fuego en una bañera.

El ahogado que baja por el río no baja, no se mueve, porque el río no baja ni se mueve porque es el Papaloapan. El Papaloapan es una dama, un espejo. Y yo, al escribir el guión de mi película "En la Tormenta" entre truenos y relámpagos, estaba pensando en el Cauca, un río enverracado de Colombia, un granuja que cuando me asomaba, temeroso, a sus orillas, me lanzaba un remolino, me tumbaba el sombrero y se me llevaba hasta la sombra. ¡Qué río p'arrastrar vacas y liberales! Esos sí son ríos, machos, no como estos riítos mariquitas. Para que el decapitado bajara por el río mexicano, con sus zopilotes encima picoteándole las tripas, ¿qué tuvimos qué hacer? Jalarlo con un cable subacuático tirado desde una lancha. ¿Y los zopilotes? Eran guajolotes, o sea piscos, o sea pavos, maquillados: maquillados de zopilotes y amarrados, estáticos. Bajaban quietecitos, muy dignos ellos, como la reina Nefertiti por el Nilo en una embarcación. El cine mexicano no daba para más. Pedirle a sus "efectos especiales" que me hicieran un gallinazo picoteando tripas era pedirle honradez al PRI. Un imposible. Así, señores, con estas imposibilidades, es quimérico querer retratar a Colombia en México, o en cualquier otra parte. Colombia es única, irreproducible. ¿La quiere recrear en otro lado? No-se-pue-de. Brujita niña: ¿Cuánto hace que no me ocupo de ti, que no te dedico ni una línea? Un libro entero. Un libro en que no apareces porque está consagrado a Barba Jacob con unidad de tema, lo cual es una bestialidad literaria porque ¿sacrificar tan hermoso animal por una convención manida? Pero no has dejado de estar ni un instante a mi lado, en mi corazón. Es el karma. En la inmensidad de las edades, por un golpe de suerte o chiripazo, coincidimos tú y yo para entendernos, para acompañarnos hasta el final en el horror de la vida, la infamia de Dios.

En esta noche tremebunda de conciliábulos conmigo mismo oigo un ruidito, ¿qué será? ¿Será el ruido del caos, o un caos ruidoso? ¿Será el aura de un ataque apopléjico? ¿O será el tinnitus auris que acometió al poeta Paz en la India, y lo enloqueció? ¿O uno de estos zancudos que trajo a México López el perro, más importunos que la conciencia? ¿Serán los grillos del parque? ¿O acaso el viento solar? Colombia asesina, México corrupto, España cerril, oigo un ruidito que no me deja dormir. Zumbando y zumbando y zumbando.

Anoche, cuando los perros del parque le ladraban a la luna escuálida, velada de smog, rodeado de la consideración general, apabullado por las condecoraciones y los homenajes que en este país anuncian la llegada de la muerte, en paz la pluma y el pene murió Octavio Paz. Se nos fue Paz el transparente, el mallarmeano Paz, el honesto Paz, el incorruptible Paz, el ex embajador en la India donde contrajiste el tinnitus auris, razón de tu poesía, zumbar de abejas griegas, ronroneo de moscardones concertantes, algarabía de cigarras termofónicas en la noche tropical, te nos fuiste, ay. El articulado Paz, el conmiseratorio, el subterfúgico, el conspicuo, el inescrutable, el impertérrimo, el polirredento, ay, ay. Sólo le queda de consuelo a la grandeza del país azteca el pincel de Cuevas. Ah, y el mundial de fútbol que han de ganar algún día, girando y girando el mundo, gravitando la eternidad sobre sí misma, poniéndose patas arriba, algún día, algún día, pues como la esperanza nunca muere ahí tienen para esperar hasta la muerte del Big Bang de los cosmólogos. Oigo un zumbido, un ruidito, estorboso, ¿qué será? Muerte perezosa que dejas para mañana lo que puedes hacer hoy: llévate a Cuevas.

Para ayudar a una memoria desfalleciente que tiembla con el mal de Alzheimer al escribir, llevo una libreta de los muertos. Ahí anoto: padres, madres, abuelos, tíos, hermanos, primos, amigos y enemigos en primero, segundo y tercer grado. Voy por los ochocientos cincuenta y he asistido a cien entierros. Ya a la Muerte le perdí el respeto y le doy palmaditas en el trasero. ¡Pero qué son estas cifras en las cifras del mundo! Chichiguas. La Muerte solita, justiciera, compitiendo contra todo un enjambre de madres paridoras: millones y millones y millones mas les acabará ganando; a todas se las llevará con sus hijos. A veces, claro, se ayuda la condenada de un terremoto, un alud, una hambruna, un ciclón, un tornado, y se zampa de un bocado medio millón. Yo gozo leyendo sus hazañas en los grandes titulares del periódico. Pa eso lo compro y p'al obituario y que se acabó la ayuda para los damnificados que dejó, habida cuenta de la "fatiga de los donantes". Pero eso sí, que no me digan que se murió un perro porque maldigo de las injusticias de Dios. No-las-re-sis-to.

¡Conque se murió Gonzalo Bula el que era cónsul en Roma! Ni sabía que aún vivía, que estaba vivo, ahora me desayuno. Lo voy a poner en la libreta. ¿Y de qué murió? Cónsul en Roma cuando por allí pasé, cuarenta años ha, cincuenta, setenta, cien, inflándose la eternidad en siglos y milenios. Y voy a poner también a Javier Betancur que se me ha olvidado, y a José Ruiz, "don Camilo". Muertos todos, todos muertos. Y a mi tío Iván y a mi tío Miro y a mi tío Ovidio y a mi primo Mario y a mi hermano Carlos. Uno a uno se me han ido yendo por riguroso turno preestablecido según un orden que marcó Diosito todopoderoso y caprichoso, dador de la vida y quitador de ella porque se le dio la gana, porque es un desocupado ocioso sin en qué entretenerse: "sin oficio" como diría mi abuela pero no de Él, que sería blasfemia: de mí, su nieto, el sobreviviente, el desocupado que lleva la libreta de los muertos, registro escueto en que anoto: el nombre del difunto y la causa de su muerte. Y nada más. Ni la fecha de entrada ni la fecha de salida a este y de este valle de lágrimas como suelen las placas de cementerio. ¡Pa qué andarle midiendo agüita al mar del Tiempo! Manuel, Manuelito, mi hermano, el sexto entre quince, vaya un ejemplo, a quien vi nacer y a quien le enseñé a caminar y a contar las estrellas, murió de viejas. De viejas, o sea de mujeres, cancerígenas, por mujeriego. Voilà tout. Fíjese nomás, lo que no me pasó a mí que no morí de muchachos, que bailé bolero-mambo con un terremoto después de tres incendios. De muchachos en cambio murieron Chucho Lopera en Medellín; Salvador Bustamante en Nueva York; y Chuchín Ortiz en México. Y tantísimos otros más, en tantísimos otros lados, de la misma muerte o suerte. "Muerte innominada" la llamo yo y bajo este rótulo los incluyo a todos en una sección compacta de la libreta sin distinguir si por bala, cuchillo o degolladura: una buena mala muerte en fin porque toda muerte es buena. Y ya. La libreta es elíptica, críptica, y sin pretensión de lenguaje como cuadernito de tendero o carnicero: hoy me pagó fulanito de tal, zutanito me queda debiendo tanto. Los nombres que en ella aparecen carecen de sentido para usted, ya lo sé, se le harán como esas listas de reyes hititas, babilonios, egipcios, nombres vacíos. Los nombres son así: a unos les dicen mucho y a otros poco y a otros nada. A mí los de mi libreta me lo dicen todo y me anticipan mi muerte porque me llenaron la vida. ¡Conque se murió Salvador, qué loco! ¿Y de qué? ¿Quién lo mató? Me hiciste acordar, Salvador Bustamante, con semejante noticia, de un baile tuyo, una fiesta tuya, una noche tuya en tu apartamento de Bogotá, sonando "Boquita salá" la cumbia, y yo bailándola con el gangstercito de dieciséis añitos tiernos él, a lo sumo, y la infantil costumbre inveterada de-no-bañar-se. Cuando irrumpió la policía... ¿Sí te acordás? Ahora tocan "Boquita salá" en el bailadero de Mandinga porque la puse yo en mi película para acordarme de ti. Veinte o treinta parejas de extras veracruzanos bailan la cumbia y se me salen las lágrimas, a mí que nunca lloro como no sea por los perros, porque te recuerdo y me siento en Colombia de la que jamás me he ausentado y en la que voy a morir. Tarata-ta-ta-tá, tarata-ta-ta-tá, tarata-ta-ta-tá, tan tan tan taaan... En sí bemol. Sin letra. Los veracruzanos bailan como costeños colombianos...

Saliendo del consulado colombiano en Roma, por el piazzale Flaminio, se me ocurrió la película. La vi completa, con sus decapitados, con sus incendios, con su rencor y su furia, con todo su horror, en un instante de iluminación o alucinación que abarcaba a Colombia. Veintinosecuantos años la llevé en el corazón hasta que la pude filmar, por fin, en México, reconstruyendo a Colombia sobre el imposible, y nació como tenía que nacer, a medias y obsoleta, vieja. ¡Qué era eso de esos pelagatos descalzos matando con machete! Colombia hoy mata con ametralladoras, bobito, tontito, ponte al día y botas. Taratatatá. ¿Es la cumbia? No, es la ametralladora tronando desde una moto, el nuevo estilo de matar patentado en Colombia, eficacísimo, segurísimo: un jovencito conduce la moto; el otro dispara desde el puesto de atrás. Cae el muñeco, el muertico, ¡y ojos que te volvieron a ver! ¡Adiós! Y claro, Colombia, país eminentemente novelero, qué se iba a interesar por mis antiguallas, por esos campesinos descalzos decapitados con machete: cincuenta, setenta, cien, cuente cabezas, con las cabezas separadas de los cuerpos que después había que acomodar como armando un rompecabezas. ¿A quién le corresponde este cuerpo, a cuál cabeza? Este cuerpo es de niño, esta cabeza de mujer. Vaya probando. O con cabezas pero sin lengua: "Pa que no le volvás a gritar vivas al partido conservador, hijueputa". O al liberal, lo mismo pero al revés. El genocidio del Dovio, el genocidio del Fresno, el genocidio de Irra, el genocidio de Salento, el genocidio de Armero, el genocidio de Icononzo, el genocidio de Supía, el genocidio de Anserma, el genocidio de Cajamarca, el genocidio de El Águila, el genocidio de Falan, ¿quién los recordaba? Colombia no, la desmemoriada: yo que no olvido. ¡Cómo olvidar! Si lo que hicimos entonces es insuperable, nuestro non plus ultra; entonces, cuando Colombia fue más Colombia que nunca, cuando la Violencia con mayúscula, con una mayúscula que no le pongo yo, que le puso ella. El cine por lo demás envejece solo. Solo y rápido como los muchachos. Los años, que emparejan a la gente, acaban por emparejar también a las películas: las que nacieron nuevas con las que nacieron viejas. A todas las vuelven del tiempo de antes. Más que la vanidad de Cuevas que lo corroe como un herpes genital; más que el empeño de la señora Félix, la estrella, por seguir siendo joven, bonita, deseada, codiciosa, codiciada; más que la soberbia del perro López, el presidente-rey; más pero mucho más sigue el zumbido zumbando. Encerrado entre paredes abulladas, libre del ruido exterior, me acuesto sobre un colchón de silencio a oír los ruidos internos, el yo que niega al mundo, el yo zumbando: las ondas alfa, beta, gamma, delta, voces polifónicas de la estorbosa conciencia, y me doy a ejercitar la indostánica penitencia del autosilenciamiento, a acallar las voces una a una hasta sumarle al silencio de afuera el silencio de adentro en el ideal de la nada. No hay remedio para la vejez, Octavio, házme caso; la fama y los homenajes no son remedio, son paliativos. Remedio lo que se dice remedio no lo hay. O sí: la muerte.

Debo anotar ahora, para disipar malentendidos, que el señor Cuevas, la señora Félix y el señor perro que se mencionan aquí no son seres de carne y hueso: son ideas platónicas, paradigmas, esencias, entelequias, caracteres de La Bruyère: el vanidoso, el soberbio, el necio, que planean desde hace siglos sobre el infinito de la estupidez humana pugnando por encarnarse, en mí, en usted, en ella. Si el zumbido es interno, para que se me detenga ha de soltarse el aguacero, la lluvia unánime que me pone en paz a mí y con todos, sin ondas, alfa, beta, gamma, delta. Abro la ventana para oír la lluvia y llueve y llueve, suavecito, despacito, al unísono: es Verlaine lloviéndome en el corazón.

Estas películas mías de que vengo hablando, que filmé para Colombia y para nadie más pues el ancho mundo a mí se me reduce a ese pegujalito siendo como soy, yo también, ahí donde me ven, personaje de La Bruyère —el terco, el cerril—, en Colombia me las prohibió la censura, con irrebatibles argumentos y sobradísima razón: por calumnias. Porque Colombia no era así, no es así, nunca ha sido. El genocidio del Dovio, el genocidio del Fresno, el genocidio de Armero nunca ocurrieron, ni ninguno de los que mencioné, ni ninguno de los que se me olvidaron: son inventos de una imaginación perversa y el desamor. Merci beaucoup.

De lo que me dices de tu país nada te creo. O sí, te creo la milésima parte dividida por mil. A ver cuándo me vas a llevar, a ver si es tanto como tú dices. ¿De veras son tan anchos los ríos y tan altas las montañas? ¿Y es tanto el vicio y tan divertido, en medio de la matazón? Sí, Brujita, tanto y más. Pues a mí de lo que me has contado lo único que me gusta son Los Días Azules: de campo abierto, de carretera… Lo demás no. ¿Y también se murió tu abuela, a propósito? También, de las primeras. ¿Y tus hermanos? No queda ni uno. ¿Los quince todos? Quince no: catorce y yo. ¿Y Elenita, tu tía abuela? También, con ella inauguré la libreta. ¿Y de qué, de qué murió? Ni de lepra, ni de tuberculosis, ni de "diabetis" como ella decía y creía: era un enfermo imaginario a lo Molière. Pero como los enfermos imaginarios también mueren, murió de la imaginación. Las últimas semanas fueron terribles. Yo le decía:

—Elenita, morite ya que aquí ya nada más tenés que hacer en este mundo tan hijueputa.

Y ella:

—Yo sí quiero, pero Él no quiere.

Él es Dios. Y Dios no quería, y como ella era gorda gorda y pesaba una tonelada y media y Dios no ayudaba, la teníamos que levantar con una grúa pa cambiarla. ¿Y sufrió mucho? Mucho, pero imaginariamente. Como era un enfermo imaginario… Su "diabetis" la dejó ciega pero ni quién le hiciera caso: a lo mejor Elenita se estaba haciendo la ciega para que la viéramos y la compadeciéramos. No veía ni pa ir al baño. A veces, cuando doblo las sábanas de esta cama donde duermo contigo Brujita, o cuando me da el insomnio pertinaz me acuerdo de ella y cuando era niño.

—Niños —nos decía— ayúdenme a doblar esta sábana, cojan de esa punta.

Y nosotros:

—¿Qué es "punta", Elenita?

Y ella:

—Eh, no si hagan, ayuden que anoche no pude pegar un ojo.

Y nosotros:

—¿Y dónde lo quería pegar, Elenita, en la pared?

—Ay, me duele aquí, me duele acá, me duela allá —decía ella.

No se le podía tocar porque le dolía todo, la piel, el hígado; tenía una enfermedad muy avanzada para su época. Des-co-no-ci-da. Y finalmente se murió y fuimos cuatro a enterrarla, fue mi primer entierro. Entonces me empecé a morir y a enterrar. Volaban los aviones sobre el cementerio y los gallinazos, y aterrizaban al ladito, en el campo de aviación que ya llamaban "aeropuerto", y el cementerio dizque "campos de paz" o "jardines del recuerdo". ¿De paz? ¿Del recuerdo? ¡Del ruido y el olvido, cabrones, cómo me salen a mí con semejantes pendejadas! Si los construyeron al lado del aeropuerto y pasan los aviones por encima rasando y no dejan dormir a los muertos. ¿Y el gobierno, cómo los permitió el gobierno? "¡Entonces pa qué está el gobierno!" como decía mi tío Argemiro. Pa robar, pa eso está, Argemiro, pa robar. Y para inmovilizar a los vivos y no dejar respirar a los muertos, como no te dejan a vos, Argemiro, que te moriste y te enterraron en esos mismos jardines de paz zumbándote por sobre tu eternidad los aviones. Los jets.

¿Argemiro era el que estaba casado con la mujer bajita que convocaba los martes a san Nicolás de Tolentino para que le trajera "el mercado", el gasto de la semana? El mismo y la misma:

—Hoy me trae, san Nicolás, papas, yucas, plátanos, azúcar, manteca que se acabó porque Argemiro no se da abasto, ya no provee.

¡Qué iba a proveer el irresponsable con dieciocho hijos! Mellizos, trillizos, cuatrillizos, quintillizos, dobles, triples, cuádruples, quíntuples: les

nacían camadas enteras como si no fueran de la especie del homo sapiens que dizque eran, sino de
la canídea especie de que eres tú Brujita.

¿Y vive alguno? ¿De esos dieciocho primos?
Ninguna, ninguno, todas, todos muertos, dieciocho que anoté en la libreta. Entonces Colombia
es peor moridero que esto. Mucho peor, y allá te
vas sin homenajes. Si eres un líder o candidato tin-
terillo, y caíste asesinado, va una multitud a tu entierro a llorar. Y al día siguiente al fútbol a olvidar.
No conozco país con más mala memoria ni más
hipócrita que ése. Si recuerda al muertico de ayer
no recuerda al de antier. Colombia, país desmemoriado, no lleva libreta.

Dos años ha que murió Paz y ya se lo tragó
una nube de olvido. ¿No te lo dije, Octavio? Los
homenajes que se te hicieron eran para olvidarte
mejor. Así le hicieron a Tin Tan, a Resortes y a
Mantequilla. Yo los conozco, son pura coba o con-
tentillo. No te dejes dar atole con el dedo Peñaranda que en cuanto a mí, tu servidor, yo cambio
todas las medallas y los homenajes por un soldado
o marinero, de veintiún años. ¡Y que se infle la vela mayor en el mástil! ¡Y que se dispare el fusil!

¿Y la gloria? Ah, la gloria es otra cosa; ésas
sí ya son palabras mayores: Bolívar, Napoleón…
¿Dónde estás Simón Bolívar el de las infinitas estatuas? ¿Y dónde tú, Napoleón el corso, con tu gracioso pene chiquitito y tu tricornio? ¿Y tú Mussolini
oh eunuco valiente vencedor de Etiopía o Abisi-

nia, del Negus, dove sei? Sei per caso in cielo, op-
pure in inferno col papa Pio Dodeci? Saca al perro
a la calle a orinar, Peñaranda, y de paso me com-
pras un block. Pa continuar.

    ¿Qué se fizo el rey don Juan, los infantes de
Aragón que se ficieron, y qué fue de Villon y sus
damas de antaño? ¿Dónde están? ¿Y dónde está
Sila, dónde está Pompeyo, dónde está Mario, dónde el cardenal Richelieu? ¿Y dónde el cardenal Ma-
zarino? ¿Y dónde el gordo Capeto? Dónde, ¿eh?
¿Dónde está Nelson, dónde está Wellington, dónde el general De Gaulle, el locutor? ¿Transmitien-
do todavía desde Inglaterra? "La gloire!" decía y se
le hacía agua la boca. ¿Dónde está el general Prim,
y el general San Martín, y el general Montgome-
ry? ¿Dónde? A ver… ¿Dónde está César el ambi-
dextro, con todos sus maridos y todas sus esposas?
¿Dónde están los visires, los emires, los sultanes
del Islam? ¿Dónde los dogos de Venecia? ¿Los doce
pares de Francia y los cien gobernadores de Antioquia? ¿Qué se ficieron, dónde se metieron? ¿Dónde
está don Manuel Godoy el valido de la reina? ¿Y
la reina, María Luisa, ese adefesio? Dímelo tú, Octavio, tú que sabes, a ver… ¿Dónde está Enrique
Octavo con sus barbas de puerco? ¿Y dónde sus
concubinas? ¿Y dónde el roi Soleil con su fístula
anal que no se puede mencionar, ni curar? ¿Y dónde los otros Luises y los Carlos y los Alfonsos y
los Fernandos y los Felipes? ¿Dónde están con sus
aduladores, sus enanos, sus bufones, sus pergami-

nos, sus tronos, sus tiaras, sus cetros, sus ejércitos? ¿Dónde con toda la faramalla que les seguía la cola? ¿Y los reyezuelos sexenales de México qué? Con su prepotencia, su soberbia, su omnipotencia, su omnisciencia… ¡Dónde pero dónde carajos están! ¡Dónde está el zar hemofílico y el rey sifilítico! ¡Dónde está Cromwell! ¿Y los papas? ¿Las papisas Juanas, Pablas, Pías, Benedictas, travestidas, vaticanas, dónde están? En Medellín capital de Antioquia, vergel de Colombia, hay una estatua: de Bolívar, en el parque de Bolívar como su nombre lo indica. Es una estatua ecuestre, o sea, Peñaranda, a caballo, en un caballo gordo gordo que le quedó chiquito al jinete, de suerte que el Libertador y padre de cinco naciones, el iluso, el soñador, casi toca el piso con los pies. Pues bien, has de saber Peñaranda que los domingos, después de esas tremendas borracheras que me suelo poner, suelo ir al parque de Bolívar tembloroso, de mañanita, a oír la retreta o concierto dominical de la banda del maestro Joseph Matza, y a ver las palomas posarse sobre la estatua para dejarle, mientras tocan la obertura de La Urraca Ladrona o de La Italiana en Argel, en la cabeza o sobre los hombros la muestra de su desprecio. ¿La "gloire", general De Gaulle? Bobito. La gloria es una estatua que cagan las palomas.

La otra noche soñé que un ruido espantoso me despertaba: estaban tumbando la pared de al lado y le abrían un boquete. ¿Y saben quién, quién era? ¡Era un camello! Por el boquete pasaba el camello a mi cuarto y yo le daba agüita, baldados y baldados de agua para irse conmigo, juntos, in love, a cruzar el desierto, los desiertos del Islam a predicar mi evangelio del amor a los animales y a matar cristianos: a sacarles los ojos, a cortales la lengua, a quemarles los pies. Los pieses, como diría Zabludovsky.

¿Y cómo es ese evangelio tuyo? Para qué me lo preguntas, Brujita, si bien lo sabes. Cabe en un solo precepto doble que reza así: "Ama a los perros como a ti mismo, y a tu prójimo envenénalo". ¿Y el temor a Dios? ¿Y a la ley? ¡Cuál Dios, cuál Ley! Dios es una entelequia tremebunda y la Ley una puta y además no se puede basar una moral noble en temores.

A mi regreso de mi viaje a Arabia me trajeron a la Bruja de un mes. Nuestro amor fue instantáneo, como un rayo. Pero creciendo y creciendo y creciendo como inflación de dos dígitos, de tres, de cuatro, de cinco, de seis, expandiéndoseme hasta metros afuera de la caja del pecho.

Argemiro no provee. Gana poco y lo poco que gana se lo gasta en malos negocios o caprichos infantiles. Como se gastó lo que le tocó de la lotería, del Sorteo Superextraordinario de navidad de ocho cifras y ciento veinte mil millones de millones de premio mayor, para el que se había comprado un billete. Lo transmitían por televisión, el aparato mágico que acababa de traer a Colombia el General Jefe Supremo autor del cuartelazo para que lo filmaran, barriga al aire en su finca, bañándose en un charco. En la nuestra, Santa Anita, la de los abuelos, estamos con los abuelos el batallón completo: hijos, yernos, nueras, tíos, primos, hermanos, nietos, tías abuelas y sobrinos nietos, mirando la transmisión. ¡Y echan a rodar las bolas! Acertó Argemiro la primera cifra. ¡Y echan de nuevo a rodar las bolas! Acertó la segunda. Y la tercera y la cuarta y la quinta, la fiebre de la familia iba en aumento…

—Miro, Argemiro, si te ganás la lotería, ¿me regalás un casco de bombero?

O un ejército de soldaditos de plomo, o un tren eléctrico, o una casita para Elenita, para que se independice y no siga más de arrimada, todo el mundo pidiendo. ¡Y acertó la sexta!

—¡Miro, vas a ser más rico que el Sha de Persia!

¡Y acertó la séptima! Una sola cifra le faltaba para agarrar el cielo con las dos manos, a manos llenas, y su inmensa familia y la mía, y la de mi tío Iván y la de mi tío Ovidio y el abuelo y la abuela y Elenita temblando y el perro ladrando: mi perro Capitán. Argemiro tenía un cinco… Cinco, cinco, cinco, concentrémonos… ¡Y echan por última vez a rodar las bolas! Ruedan, ruedan, silencio, silencio… Y que se le ocurre a Lucía, su mujer, la de Argemiro, la que convocaba los martes a san Nicolás de Tolentino, invocar, impetrar, conminar al cielo:

—Señor: si es para la perdición de su alma que no se lo gane.

Y era: salió seis. ¡Quién te dijo, estúpida mujer, que los pobres de espíritu se condenaban! ¡Por qué abriste el pico, animala! Pero esto lo digo yo, el renegado, no mi tío Argemiro que era un santo y que no abrió el suyo, su boca prudente, y no dijo nada. Niu-na-pa-la-bra. Argemiro, mi tío, que tuvo veinte hijos repartidos en: mellizos, trillizos, cuatrillizos, quintillizos, sextillizos, producto de la bifurcación, trifurcación, tetrafurcación, pentafurcación, exafurcación de sus espermatozoides... Con lo que le tocó de las siete cifras acertadas se compró un carro, que cambió por una moto, que cambió por una bicicleta, que cambió por unos patines, que tiró al río "pa no irse a quebrar una pata". Pero esto ya lo conté y Argemiro ya murió y ya lo anoté en la libreta. Y al abuelo y a la abuela y a Ovidio y a Iván y a sus hijos... Me falta por anotar a Santa Anita, la finca, que también murió, de la muerte más absoluta: tumbaron la casa y los árboles, y el altico donde se alzaba lo cortaron a pico para hacer una urbanización. No quedó ni la tierra: un terreno plano, irreconocible, con una barranca al lado.

Avanti, avanti, s'accomodi, padre Tomasino, sígase, a ver si esos diablos del pasillo lo dejan pasar. Ahuyéntelos con un encendedor o candela, como los llamaban allá, en Antioquia, de mecha larga y piedrita que echaba chispas. Estos pobres diablos, con lo quemados que están en los infiernos, al fuego le tienen terror. Ahora están atestando, apestando mi casa de olor a azufre para no dejar pasar cura que me venga a confesar. Esfuerzo inútil, redundante: el que no quiero soy yo que decidí hace años —¿setenta? ¿ochenta?— morir en pecado mortal y sin arrepentimiento para llevarles la contra a los salesianos. Usted, ni salesiano, ni jesuita, ni dominico, ni benedictino, ni franciscano, usted es un cura de rueda libre, no comprometido con Compañía de Jesús alguna ni con ninguna otra orden o secta macabra (seguidor, eso sí, qué remedio, en filosofía, de Tomás de Aquino), y por eso lo he convocado hoy, por la postrera vez, para que salga a dar testimonio de que muero como muero, sin hacer concesiones, renegando del Infame, y se lo vaya a contar a todos, a todas las aves negras salesianas de la iglesia del Sufragio del barrio de Boston de la ciudad de Medellín del departamento de Antioquia donde nací y me bautizaron y me confirmaron y reconfirmaron. ¿Reconfirmaron no? ¿No existe la reconfirmación? Pues andan mal; si un niño se confirma para el caso de que haya quedado mal bautizado, ¿por qué no reconfirmarlo para el caso de que haya quedado mal confirmado? Todos los esfuerzos son pocos para salvar esas almitas tiernas de las tenazas de Satanás. Adelante, pase al cuarto, siéntese donde quiera, en cualquier sillón o silla, y si quiere en la silla turca. ¿Que en este cuarto casi no se oye ni se ve? Es que lo tengo abullonado para no oír los ruidos, y pintado de negro para no ver la luz. Anticipación, como quien dice, de lo que se me espera: el oscuro silencio. ¿Que no es así, que Dios es la luz? ¡Jua! Dios no existe, y para eso lo llamé, lo convoqué, para que oiga de mi propia boca mi gran verdad de todos los tiempos: ontológicamente, metafísicamente, moralmente es imposible un ser tan malo. No puede existir. No puede haber un Ser de tanta perversidad en el Universo. Mire a su alrededor y dígame qué ve: la lucha sangrienta por la supervivencia, la matazón de los animales, el dolor, la enfermedad, la muerte, la mentira, el anhelo burlado de persistir. ¿A esto llama usted un Dios bondadoso, una Providencia? Dios no es amor: Dios es odio. Recuerde a Yahvé o Jehová o como lo quiera llamar al innombrable: se le presenta a Moisés en una zarza ardiendo, entre truenos y relámpagos. ¿A qué tanta tramoya? Y recuerde a su sucesor, el Señor de los cristianos, el Kirie del Kirie eleison, el que pintó Miguel Ángel en la Capilla Sixtina: ¿ve acaso en ese viejito barbudo, malgeniado, una chispa de amor? Dios es una furia meteorológica, el trueno ciego con el relámpago en la mano. ¿Y su hijo? ¿Su dilecto hijo putativo que tuvo aquí en la tierra por interpósita persona? Mire al matapulgas enfurecido sacando a los mercaderes del templo con un fuete porque los encontró trabajando, vendiendo sus baratijas del subempleo: anillos hippies, calculadoras de bolsillo, pilas para transistor… El soberbio no era sólo Lucifer: era también el Otro, el que lo expulsó de su reino. Experto como me he vuelto en teología y demonología, una cosa sí le puedo asegurar ahora, padre Tomasino: que esta "y" es "o"; que el hielo quema y Dios es el Diablo. Estos que ve aquí entonces no son diablitos: son angelitos negros. Vaya y dígales, palabra por palabra, punto por punto lo que le estoy diciendo a esos esbirros salesianos que ensombrecieron mi infancia: que muero en la impenitencia final, oliendo a azufre y rodeado de diablos. Vaya y diga, vaya y cuente, proclame mi verdad en Antioquia a los cuatro vientos. ¡Ki-ki-ri-kíiiii! ¡Qué! ¿Volvieron a cantar los gallos en México? No, es el curita estafador de Envigado que educó mi abuela, que timó a mi abuela y que por fin canta misa.

Ya no compro el periódico. Nunca más. El engendro me colmó la paciencia. El engendro que sucedió al Tartufo que sucedió al perro: hablando, hablando, hablando, mintiendo. Había en este país (en tiempos de las braguetas de botón, en tiempos de héroes) un cómico de nombre Cantinflas, ya olvidado, cuya gracia mayor era hablar y hablar y hablar enhebrando palabras de relumbrón y frases hechas con una profundidad de diputado, diciendo sin decir. En eso parecía insuperable: pues el engendro lo superó. Devaluado el peso por el perro López y cuando todos pensábamos que aquí ya no quedaba nada más por devaluar, el engendro descubrió la palabra, lo más noble que tenía el hombre, lo que lo distinguía de los animales, el Verbo que precede al ¡Fiat lux! y la devaluó, la volvió mierda. Por eso yo digo aquí tantas palabrotas, porque están devaluadas, porque ya nada vale nada, hay demasiada gente, todo perdió su efecto, la palabra se ha vaciado de sentido y explota como una pompa de jabón.

Cuando todavía lo compraba y aún vivían, salieron en el periódico, juntos, en una foto, ¡adivinen quiénes! El poeta Paz y el pintor Cuevas, uno a la izquierda del otro o viceversa a la derecha, en riguroso orden alfabético al revés en un coctel. Cada quien con la copa en la mano, muy derechitos, muy tiesos, sabiendo de la presencia sagrada de la cámara que los estaba captando, "conscientes de…" como diría el engendro. "¡Qué es lo que tienen mis ojos…!" me decía. "¿Juntos? ¿Serán lagañas?" Sin darles crédito a mis ojos me los refregaba y me negaba a creer. ¿Era posible lo imposible, la concordancia de dos astros sin eclipsarse? Claro que no. Hubo rechazo flogístico y se incendió el papel. Excélsior. Y la Bruja ladrando y yo apagando el incendio a pisotones, qué papelón. Me quemó la silla turca y una alfombra o kilim tunecino que le había comprado a un lenón en Marruecos.

Y otra cosa padre Tomasino: ¿no se ha puesto a pensar que Franklin es del siglo de Voltaire? Franklin el pararrayos. Piénselo. Al Gran Pájaro Negro de la Superstición, a Dios el rayo, la furia meteorológica, lo agarró un pararrayos, lo bajó del cielo por un tubo y lo disolvió en la tierra. Milenios y milenios de terror oscuro de la humanidad acabando así, en un simple fenómeno eléctrico controlado… El temor a Dios entonces se esfumó. Muerto el perro se acabó la rabia. Y a los onanistas de la secta de Juan Bosco, a la godarria salesiana, dígales que muero en mis cabales; que me he pasado cincuenta años, medio siglo, sin confesor o psiquiatra, equilibrado, parado en una pierna haciendo el cuatro.

¿Y que voy a renegar, ya en mis postrimerías, con la muerte desdentada al lado, la muerte calva, de la religión de mi abuela a quien tanto quise, y de la felicidad de la finca Santa Anita de mi infancia bendecida por el Niño Jesús? Sí. Anacrónico como siempre he sido, siempre a la transantepenúltima moda, añorando el tango, muero como un jacobino. De heterodoxia. Y en termidor.

¿Dónde están las Marines que llenaron mi infancia? Eran tres: Teresa, Ester y Tulia, flacas, huesudas, solteronas, que pasaron por este mundo impunes sin conocer varón, ni pecado mortal de pensamiento, palabra u obra. Liíta, mi santa madre, nos llevaba de niños a visitarlas, a practicar en casa ajena el verbo "esculcar" que conjugan tan bien los niños de Antioquia: a abrir, a sacar, a meter, a cerrar, a revisarlo todo: cajones, cajas, colchones, costureros, camas, "escaparates" o sea roperos o armarios pero sin armas no se vayan a hacer daño estos diablillos tan traviesos y esculcones. Nos tenían terror. Nos veían venir y ponían la escoba patas arriba tras de la puerta, y mantenían metido el cordón de san Benito bajo una teja. ¿Cómo lo subieron hasta allí? De allí se lo sacamos, del techo, y se lo quemamos. ¿Dónde están las Marines que eran tres y llenaron mi infancia aburrida de imprevistos escondidos? En mi libreta.

Tres eran las Marines y tres las hermanas de mi abuela, a saber: Elena, Teresa y Toña, las dos primeras en diminutivo, Elenita, Teresita, y la última en positivo, si no es que en despreciativo por malgeniada: Toña o Toñolas. Las tres también en la libreta. Al marido de Toña, Carlos, borrachín y mujeriego, se lo llevó un caimán una noche por el río Magdalena. Dicen que un caimán hembra… Toña murió de vejeces en el asilo de ancianos que regentaba, rodeada por todas partes de la muerte vieja y raída. De Elenita ya di cuenta. Me falta Teresita, Teresa Piazano que hablaba como una cotorra mojada y a quien sólo callaba un televisor. Murió de una ornitosis o enfermedad de los pájaros, de psitacosis que le pegó un perico. ¿No se te hace muy raro Brujita que la haya matado un animal parlante?

Y no sólo no he requerido de psiquiatra sino que he ejercido la profesión: de sustituto del doctor Flores Tapia en su consultorio de la calle Diógenes Laercio, colonia Polanco, en el decimotercer piso de un edificio de cristal. Me recomendó para el puesto el doctor Agustín Girand, cardiólogo amigo mío a quien aún no he presentado y ya murió; pasó a mejor vida y a mi libreta. Más adelante lo presentaré, al tratar de las afecciones del corazón de las que tanto han padecido mis amigos de la calle Junín, Medellín, Colombia, los enamoradizos. Ahora abro párrafo aparte para hablar de estos que llamo mis "años vacíos" en los que me quedé, tras mi descalabro en el cine, sin "aliciente" en la vida como decía Elenita, o "sin razón suficiente" como dicen los metafísicos. Si mi encuentro con el doctor Flores Tapia no fue precisamente la salvación de mi alma (que no tiene remedio) ni la de mi bolsillo, sí fue, por lo menos, un "escampadero" como decía don Tulio Jaramillo del Icodes, otro más de mi libreta. Pero advierto que estoy dejando de hablar por mí mismo, por esta boca que Dios me dio, para convertirme en la voz de los muertos. Eso está mal, a volver por mis fueros. ¿En qué iba, qué decía? ¿Que me quedé con el doctor Flores Tapia como cuánto? ¿Diez años? ¿Quince? Dedicados todos a hacer el bien, a prodigarme en curaciones milagrosas. Tanto y tantas que el propio doctor Flores Tapia venía a confesarse conmigo, por los lados, camuflado.

—A ver —le decía yo—, dígame, le escucho, soy todo oídos.

¿Pero dije "a confesarse"? Dije mal, quise decir "a análisis". Lo que pasa es que el consultorio del doctor Flores Tapia es así: primero una antesalita o altar de los diplomas (más de cien) en la que

usted pasa pacientemente una o dos horas leyén-
dolos, esperando; luego sigue el consultorio propiamente dicho del doctor, su sanctasanctórum
donde él oficia y en su defecto yo: una amplia sala
negra, toda negra, de paredes negras con tiras de
espejo de piso a techo intercaladas entre lo negro,
reflejándose lo negro en lo negro ad infinitum, a
imagen y semejanza del alma humana. En el centro un solo mueble, y adivinen qué. ¿El diván del
analista? No: un confesonario: negro. Desde él
atiende el doctor, por lado y lado (jamás por delante), a oscuras y encerrado para que los pacientes no lo vean y no se enamoren de él. Para evitar
pues, como quien dice, transferencias, el "Übertra-
gung" de Freud. La idea del confesonario la tomó
el maldito (para sus pacientes judíos y protestan-
tes que constituyen el fuerte de su clientela) del
confesonario católico en que las mujeres no pueden ver ni ser vistas, para que no tienten al cura ni
el cura a ellas y a los pecados que traen colgando
no agreguen otros, mas con una modificación: en
el confesonario del doctor Flores Tapia los hombres
también, también dicen sus culpas por los lados,
por los tableros laterales con celosías que impiden
ver, y no por delante cual es debido pues el doctor
se encierra tras su compuerta y queda hermética-
mente aislado, aséptico, sin contacto con los de su
mismo sexo ni el sarcoma de Kaposi. La otra razón
del encierro a oscuras es que el doctor se les esca-
bulle y deja a sus pacientes hablando, hablando,

hablando, y a una grabadora grabando. La grabadora va interconectada a una supercomputadora
que transforma las palabras en bits y los almacena
en una memoria o cloaca electrónica donde que-
dan archivadas todas las porquerías. Y el doctor,
muy campante, se va con sus "pisculinos" a Acapulco en yate, y deja en su reemplazo una grabación
que dice, de cuando en cuando, para estimular al
paciente a seguir hablando: "Ajá… ¿Y eso? ¿Y luego? ¿Y entonces? ¿Y qué es lo que me quería contar ayer?" O me deja a mí su servidor, su sustituto
y esclavo, en la oscuridad dándoles cuerda. Sólo
que yo sí atiendo a los hombres por delante. A mí
los hombres confesándose por los lados me dan la
idea como de que estuvieran orinando sentados.
¡Y eso no puede ser!

¿Pero un consultorio tan moderno con técnicas tan antiguas? Es que el alma del hombre es
antigua, Peñaranda. La misma desde que bajó del
árbol en pelota y se puso taparrabos. El taparrabos
le encendió la imaginación, fuente de todos los
males psíquicos y la ciencia psiquiátrica. Así que
a viejos males viejos remedios: la cura por el cura.
Pero ahora con una modernización: al confesonario del doctor Flores Tapia le pusimos taxímetro.

Pues bien, decía que atónito ante mis curaciones portentosas el propio doctor Flores Tapia
venía a analizarse conmigo, pero por los lados, camuflado: se ponía barba larga postiza, gafitas redonditas y sombrero negro y decía que era un rabino.

¿Rabino? ¡Picarino! Ya te descubrí. Te puse en una asociación de palabras una trampa y te descubrí, descubrí que el eximio psicoanalista, el psiquiatra eminente, el psicoterapeuta famoso, el doctor Flores Tapia, el mismísimo, de la Deutsche Gesellschaft der Psychoanalyse y del British Council of Lost Souls, con estudios en Viena, colega de Muthmann, Frank y Bezzola y amigo personal de Brodmann; presidente vitalicio de la Sociedad Mexicana de Psiquiatría; editor que fuera de la revista bimensual Psyche; colaborador habitual del Jahrbuch für Psychoanalythische Forschungen y ocasional del American Journal of Insanity; autor del conocido folleto "Fellatio und Cunnilingus, eine biologische Studie" (un pequeño best seller psiquiátrico), y del librito "Alma y Subterfugios" que publicó aquí la Editorial Jus, y adicto a la cocaína como Freud, era, ni más ni menos, como Alcides Gómez, prófugo de la pentápolis: Sodoma, Gomorra, Adama, Zoar y Zeboim. Ítem más: padecía de una irrefrenable fijación por la infancia, por los niñitos de doce años a lo sumo "pero que aparentaran diez", sus "pisculinos" como los llama (queriendo significar sin duda los "pisciculus" de Tiberio en Capri, o las "sardinitas" de Chucho Lopera en Medellín). Ajá, conque ésas tenemos… El doctor Flores Tapia, casado con mujer gorda… Con casa en Acapulco, yate, viajes a Europa y las cinco lenguas que posee: el español, el alemán, el inglés, el francés y el italiano, sin contar la suya propia que le sirve para sus actividades pederásticas.

Pero no voy a prodigarme en casos y casos de curaciones mías prodigiosas que llenarían dos tomos, ni a envanecerme de los logros alcanzados. Hace tantísimos años que se me desplomó el orgullo… Un solo caso cualquiera puede servirles de ejemplo para que se formen una idea de mi perspicacia y la infalibilidad de mi método: el de la señorita Wallerstein, "a case in point". Hija de un conocido joyero de Polanco, muy escrupulosita, muy apretadita, muy ortodoxa, viene a consulta porque le dan "accesos": hacia las cinco, sin más ni más, la acometen y ¡pum! al suelo, el síncope, el abatimiento: palpitaciones, contracciones, sudoraciones, convulsiones, retorcimientos, congestión pulmonar, mucosidades, parestesias, lagrimeo, jadeo, babas. Ciento sesenta pulsaciones por minuto, aspira suspirando hasta diez veces seguidas, ve turbio. La fiebre le corre por las venas como un caballo, y el caballo, encabritado, la quiere atropellar. Es un caballo negro. Entonces le empieza el zumbido en los oídos y el martilleo en las sienes. Escalofríos, calambres, estangurria, tenesmo, y el corazón que se le torna arrítmico con opresión en el pecho (siente como si se lo aplastaran con un yunque o como si se lo ciñeran con un aro de hierro, lo cual le corta la respiración). Pulso febril, cólico biliar, párpados hinchados, conjuntivas inyectadas de sangre, ojos hundidos en las órbitas, fibrilación taquicárdica, lengua pastosa y saburrosa, sollozos, espasmos, tics. Ve centelleos. Se le contrae una pierna, la otra, le tiembla la mano izquierda, se le paraliza la derecha, y siente como un entumecimiento en el dedo gordo del pie, como que se le adormeciera.

—¿De cuál pie?

—Del derecho.

Urticaria, comezón, pruritus vulvae, hormigueo, calambres en las pantorrillas y picazón en la uretra. Las manos se le endurecen, sudan, ve cadáveres. El caballo la persigue relinchando y la quiere atropellar. Acto seguido experimenta unos retortijones espantosos en el estómago y la palidez extrema del rostro se torna en rubores, y el enfriamiento en calentura, franca pirosis e hiperemia. Delira. Después le acometen deseos imprecisos, como de comer gansitos tiernos… Imposible conciliar el sueño. Y si cede por unos minutos el insomnio pertinaz, sueña con un ladrón que se le mete por la ventana y trae desenvainado un sable. Entonces le vuelve el sofoco, la agitación, la palidez mortal, la cianosis del brazo izquierdo, la dilatación pupilar, el ardor en la nariz, el espasmo, la disnea, la rinorrea, la rigidez tetánica. Manchas negras le pasan frente a los ojos. Estornudos, escoliosis, tortícolis; coxalgia, cefalalgia, raquialgia, pesadez en la lengua, resequedad en la boca, dispepsia, sed. Y esa sensación en la garganta como de tener algo atrancado…

—¿Qué?

—Como un plátano.

—Es el globus hystericus o laryngospasmus familiaris. ¿Y qué más?

Suspira hondo para ver si se le pasa el atrancón del plátano y es para peor: le sobrevienen las transpiraciones, expectoraciones, estertores, salivación. Y vuelta al vértigo, al desvanecimiento. Y ese subir y bajar horrible del diafragma, tas, tas, tas, espantoso, y la presión cefálica. Crepitación, jadeos, vómito...

—¿Carraspeo también?

—También.

El ataque en su acmé se resuelve en una crisis de llanto. Eso durante la noche.

—¿Y durante el día?

Durante el día la constipación tenaz, el estreñimiento alternando con diarreas profusas, anuria u oliguria, y onicofagia de pies y manos. Miradas trastornadas, ensoñaciones, languideces, retraimiento, somnolencias, suspiros, sollozos.

—Y al sollozar traga aire.

—Exacto, doctor.

—Es la aerofagia. Así se explica su timpanismo vagotónico o neumatosis, el diafragma alto, el abdomen tenso, los vacíos en el estómago, la diátesis exudativa, los trastornos vasomotores, el asco, el hipo, los eructos, la tos.

Tal el cuadro clínico dicho en pocas palabras. Y ahora la pesquisa sherlockholmiana.

—¿Cuándo fue el primer ataque o aparición del caballo?

Fue hace unos meses, cuando empezaron a construir el edificio de al lado, al lado de su jardín de su mansión en Polanco, la enorme propiedad familiar. A través del jardín la veían.

—¿Quiénes?

—Ellos.

Ellos son los albañiles de la construcción en curso que no la dejan concentrar con sus risotadas vulgares. Riéndose, chiflando el santo día. A las cinco, por fin, después de un día infernal para ella, se van. Pero antes de irse se bañan al aire libre los puercos. Y ella los ve y la ven. Cuando el edificio iba por la segunda planta, a la altura de su ventana, le sobrevino la primera crisis. Pero no de súbito: con un aura.

—¿Y cómo fue?

Fueron unas ganas incoercibles de orinar, una micción incontrolable. Ya en el baño, la pequeña y endeble señorita Wallerstein se desplomaba sobre el piso de mármol y le empezaba su primer acceso.

—¿Y a qué horas se han venido manifestando, usualmente, esos accesos?

—Siempre a las cinco, cuando se van y en especial el negro.

—¿Dijo "en especial", señorita?

—No, no dije.

—Sí dijo. Dijo: "Cuando se van y en especial el negro".

—No me di cuenta.

—Pues dese. ¿Y cómo es el negro?

—Ay doctor, qué pregunta, un negro es un negro. Fuerte, con dientes blancos.

—Como el caballo.

—Ajá.

—¿Y con qué se baña el negro?

—Se baña con una manguera de chorro fuerte. Pero a mí el ruido del agua no me molesta, doctor. Lo que no resisto son esas risas y esos chiflidos tan vulgares. No sé de qué se reirán.

—Ni de qué se ríe en especial el negro.

—Ajá.

El negro es albañil y plomero, y a medida que el edificio sube en pisos suben en intensidad los accesos de la pobre señorita Wallerstein, que macilenta, agotada, desmejorando a ojos vistas, las manos lívidas, las piernas tumefactas, la piel como escamosa, erosionada, la voz ronca, la tez marchita con la palidez de la "pallida mors", con un "ulcus" duodenal gestándosele, una úlcera sangrante, y dolor intenso en el epigastrio a la palpación, ha aumentado las consultas con este su servidor, su psiquiatra. No sabe qué ocurrirá cuando lleguen al piso quince y el edificio se termine y sus pobres padres regresen de sus vacaciones en Israel, ignorantes de los horrores que está viviendo su hija. Entonces tal vez morirá.

No morirá, señorita Wallerstein, porque para eso estoy yo aquí entre las sombras, y un siglo largo de avances en el arte psicoterapéutico. Y a continuación receto y le pongo punto final a la histeria. Perdón, historia.

—Esta tarde misma, a las cinco, cuando el negro recién bañado se vaya a ir, llámelo a su casa a que le haga un trabajito de plomería. Y no huya más del caballo, que tarde o temprano la alcanzará. ¿Cuándo ha visto un homo sapiens corriendo más que un caballo?

La señorita Wallerstein me hizo caso y santo remedio, se curó.

Desde el principio lo vi claro, mi querido Watson: vi a Eva tentada por la serpiente en el paraíso terrenal. Eva es la señorita Wallerstein; la serpiente es la manguera; y el paraíso terrenal, el jardín de su papá.

—Del cual la expulsarán si peca.

—Exacto, mi querido Watson, bien deducido, es el método inductivo.

Año y medio de coitus ininterruptus con el negro hizo ceder el cuadro morboso y a la señorita Wallerstein le tornó el color a la cara. Jamás volvió a consulta, y una tarde que me la encontré, por la calle de Homero, colonia Polanco, iba abrazada con el negro, radiante, rozagante, hecha un surtidor de risas. No me reconoció, o se hizo la que no. Con eso de que yo le hablaba desde las sombras... ¡Qué más da! Yo no aspiro a la gratitud de mis pacientes. Ni de nadie. Todo ese ronroneo interior, esos llantos inmotivados, esos ataques de etiología confusa, esa extrasístole, ese "pulsus pa-

radoxus", esos vahídos, esos gemidos, esas languideces, esas palideces, no eran otra cosa pues, Peñaranda, que los tortuosos caminos del alma para
decirnos lo que quiere y no se puede, para conju-
rar estos oscuros demonios que se nos agitan en el
corazón. Yo siempre he sido muy psiquiatra, Peñaranda. Ignorante como soy del cuerpo de la mujer y sus fisiologías oscuras, me precio de conocer
el alma femenina. En el fondo de toda mujer cas-
ta hay siempre una ramera pugnando por salir, por
irse de burdeles y cabarets a atender clientes. Acuérdate de la secretaria malgeniada del Icodes que la
volvieron un guante de terciopelo suavecito con
un coito: se le cayeron los pelos de las piernas y le
salió una sonrisa de oreja a oreja que no se la quitaba mi Dios.

La religión es fuente de infinitas angustias,
Peñaranda. No robarás, no matarás, no fornicarás,
no desearás la mujer de tu prójimo… Todo es no,
como en Cuba. ¿Quién puede respirar así, con semejante carga de prohibiciones? "No respirarás"
es lo que quiere decir en última instancia el decá-
logo. De ahí nuestros incontables males respirato-
rios, herencia de esa religión circuncisa de Moisés.
No te enfermes de contención, Peñaranda. Ni hu-
yas de lo que no se puede huir, ni te dejes cortar
el prepucio que por algo estará (a mí me sacaron
las amígdalas y me descompensaron el cerebro).
¿Que quieres robar? Roba. ¿Que quieres matar? Mata. ¿Que quieres fornicar? Fornica, y recuerda que:
todos los niños son coprófilos apasionados y las

mujeres putas. ¿Se te hace demasiado enfático, Peñaranda? Entonces en vez de "todas" pon "casi todas", y así sacas de la lista a tu mamá. Y no te pongas en difícil, Peñaranda, que ya no estás en edad. A lo que te caiga le echas mano.

De la magna obra en dos volúmenes que me pienso escribir sobre mis curaciones milagrosas, otro "case in point" para terminar este interludio psiquiátrico. Él es un joven bailarín de diecinueve años y una notable belleza. Viene muy angustiado. En su breve vida ha tenido más de setecientos cincuenta amantes de ocasión, cinco a veces al día, y cree que se le está acabando el tiempo.

—No me doy abasto, doctor.

Ha probado de todo: blancos, negros, cobrizos y amarillos.

Previo tacto rectal en busca de carcinoma de próstata y auscultación cardíaca, le practico somero análisis psicoanalítico y diagnostico:

—Nada grave, joven. Lo que usted tiene es un soplo en el corazón y un falo en la cabeza.

Para lo primero le recomiendo al doctor Girand, el cardiólogo, mi amigo, a quien debo mi actual empleo (y a quien le llevo mandados hasta ahorita, en agradecimiento, cincuenta y cinco enfermos sanos).

—Para lo segundo no hay remedio; ya se lo sacarán los gusanos de la muerte.

Le explico que a mi modo de ver y entender lo que él padece es una profunda insatisfacción no sólo con su propio sexo, sino con su propia especie.

—Así que por no dejar, por hacer la lucha, pruebe con otra.

Y le sugiero un viajecito al pasado en busca del hombre de Cro Magnon, a ver si sirve. ¿Y que dónde puede conseguir el pasaje? me pregunta la estúpida, perdón, estúpido. Le recomiendo una agencia de viajes de unas mariquitas conocidas mías donde me dan comisión.

—De penitencia le paga ciento cincuenta mil pesos a la señorita de la salida, o sea la de la entrada por donde entró, porque todo lo que entra sale y viceversa. Y arrodíllese que le voy a dar la absolución.

Hay dos tipos de enfermos psiquiátricos, Peñaranda: los curables y los incurables. Los curables son los que no saben lo que quieren y uno se lo descubre (la señorita Wallerstein); los incurables los que sí lo saben mas no lo pueden conseguir (el joven bailarín). Y si no lo han podido conseguir ellos andando sueltos por la calle, qué se lo va a conseguir un pobre psiquiatra encerrado en un cuarto oscuro… Además el psiquiatra no es lenón ni celestina. Lo que tenemos el doctor Flores Tapia y yo es un consultorio, no un burdel.

¿Y el doctor Flores Tapia? ¿A cuál de los dos tipos pertenece? El doctor Flores Tapia no es curable ni incurable sino todo lo contrario, como diría el presidente Echeverría o su mujer. Era un cínico psíquico. Cuando le descubrí su parafilia o perversión sexual por los infantes se refugió en el desplazamiento: que todo era, me decía el fumista, simple interés por la ciencia. Quería conocer el niño a fondo para poderse escribir su "Das Sexualleben des Kindes", o tratado de la sexualidad infantil en diez volúmenes. Sexualidad que antes de Freud no existía y que hoy es dogma. Para la psiquiatría moderna el niño es una fiera sexual ardiente.

¿Y el doctor Girand? Ah, el doctor Girand, el cardiólogo, mi amigo del alma no murió del corazón como podrías suponer; lo despeñó por un balcón un marido enfurecido: el suyo. Ya te lo contaré luego si me alcanza el papel.

De las religiones que aquí tratamos la católica es la más excitante, la que estimula mejor el orgasmo. Le siguen, en su orden, la judía y la protestante, que es más bien frígida. De la musulmana poco sé. Sé que no sirve. Mahoma lujurioso y putañero la inhabilitó, le quitó el sabor picante. Porque has de saber Peñaranda que la religión, que prohibe todo, es la fuente número uno del placer. No hay placer sin pecado ni pecado sin prohibición, y no te lo digo yo, Peñaranda, que soy un cero a la izquierda: habla la Facultad. Marx, que anduvo en todo errado, dijo que la religión era el opio del pueblo. También erró: es su afrodisíaco. No hay que confundir un excitante con un estupefaciente, ni la quinta de un psiquiatra con un psiquiatra de quinta.

Sexto: No hay sexo sano. Toda sexualidad es perniciosa.

Séptimo: El paciente tiene la palabra. El habla y yo cobro.

Octavo: No esperar la gratitud del paciente. El paciente se va, el psiquiatra queda. Cóbrale.

Noveno: Depurar la clientela, la pacientela. El paciente rico le quita una gran preocupación a su psiquiatra. El pobre no. El pobre es fuente incesante de angustias para el facultativo, que se ve obligado a mantenerlo en forma, en condiciones de trabajar para que pague. Al paciente pobre, al hacinado, yo lo enfrento a tan terribles verdades incestuosas que lo enfermo del corazón y cava fosa. Los pobres se reproducen con su pobreza, le pesan sobremanera a la sociedad, y a mí me causan agotamiento psíquico. "La pobreza es una calamidad", dijo la maricuela.

Décimo: Amor a la profesión. No como los cabineros de Avianca (o stewards o aeromozos) a los que les oí un día, uno en que me adelanté a los demás pasajeros y llegué de primero a la escalerilla del avión sin que me hubieran notado —mientras agobiados, sofocados, cargados de niños y paquetes venían allá a lo lejos a "abordar", entre una nube de polvo, el grueso del rebaño— les oí, digo, a esos malditos este comentario: "Ahí vienen los hijueputas".

Undécimo: Exigirle fidelidad absoluta al paciente. Nada de que otro médico, que una segunda opinión. Jamás. En cuestiones del alma el psiquiatra es infalible como Papa.

Vigésimo primero y último para terminar: El paciente es un depravado sexual disfrazado de cordero. Da rodeos. Rodeando, rodeando, esquivando la verdad en círculos gazmoños, él solo se enreda en la telaraña de su mentira hipócrita. Si es mujer, envuelve su impudicia en siete velos. Su "no" es "sí" y su "sí" es "no". Es toda argucias. Miente. Y si dice la verdad, miente con la verdad. ¿Pero mentiritas a mí?

Soy psicoterapeuta o cirujano del alma. Opero con el bisturí cortante del análisis. Todo lo penetro, nada se me escapa. Los secretos más soterrados los descubro y los saco a la luz del día como vinieron a este mundo, en cueros, en pelota. Si te dijera, Peñaranda, que he curado hasta un cura célibe acosado de la parafilia de un ratón… La madeja enmarañada de tus fobias, de tus obsesiones, de tus subterfugios, de tus culpas, tu telaraña, la desenredo y la vuelvo un hilito largo, liso, finito, y cuando menos te lo esperas ¡pum! lo corto. Y cobro. El primer precepto del arte psiquiátrico es cobrar. No hay Vaticano sin Papa ni curación sin cuenta. Cuando pagas lo piensas dos veces antes de volverte a enfermar. La cuenta es un disuasivo para la enfermedad. Un "deterrent", como dicen mis colegas ingleses. Los tiempos de la confesión gratuita idos son, Peñaranda, no seas mentecato.

Antes de que deje el cine, o mejor dicho antes de que el cine me deje a mí, volvamos a mis películas, ¿que en qué cinemateca están? En la más completa, la del olvido. Las tres, por si las quiere ver: una de balaceados, otra de decapitados, y otra de derrotados. A esta última, de boxeadores, la pensaba llamar "La Derrota". No la puse así reservando el título para mejor ocasión, para la vida mía que me pensaba escribir no bien cumpliera cien años. Me lo ganaron: se lo pusieron a otra. "El que guarda comida guarda pesares", decía mi abuelo. Somos tantos los derrotados de este mundo, y los hambrientos... "Semos", como diría don Alfonso Mejía el vecino de mi abuelo, en doble condicional porque también murió, y hace tanto, viejo y loco... Así que, Peñaranda, cómete el pastel antes de que te lo ganen, no sea que algún día tengas que llamar a algún libro tuyo "El Río del Tiempo" siendo que es "La Derrota".

La mañana amaneció miserable, como todas: salieron el periódico y el sol, y en el periódico hablando el presidente, el cerdo de turno. Que hoy vamos a nacionalizar la banca, o mejor dicho a estatizarla porque no es lo mismo "nacionalizar" que "estatizar", no hay que confundir: nacionalizar es robarles a los extranjeros; estatizar, robarles a los nacionales. Pero siempre robar, que es lo que aquí hace el Estado-presidente, quien lo deposita en Suiza y Luxemburgo en lugar seguro, en sus cuentas secretas para que nadie se lo vaya a robar al pueblo, "su" pueblo, con ese "su" tan mexicano que parece traducido del inglés: ¿Le duelen al niñito "sus" ojitos? ¿No me trae, señorita, "mi" café? La mañana amaneció miserable, como ayer, como antier, y salió el sol y con el sol salió el periódico y silbó el cartero y me llegó una carta, de mi casa, con una noticia, de mi abuela: que se murió. Que se murió la abuela, me decían unos y otros. Aquí el "la" sí no es "la", es "mi", mi abuela, la que no me reemplazará nadie, por los siglos de los siglos de la hijueputa eternidad de Dios. Que no existe. Qué jamás ha existido ni tampoco la montaña de diamante, si bien ésta en principio sí pudiera existir porque no hay en contra nada para ello. Pero Él no: no por imposibilidad moral, ética, lógica, ontológica, metafísica, póngale el chorizo que quiera de adjetivos.

Bueno, se murió mi abuela y no derramé por ella ni una lágrima. Me juré al instante olvidarla, jamás recordarla, romper sus fotos, romper sus cartas, y borrarla del fondo del fondo del alma. A veces, de soslayo, me traiciono, y so pretexto de cualquier brisa, montado en la brisa me voy, me "devuelvo" a la finca Santa Anita, al corredor delantero de los geranios y las azaleas donde nos estamos meciendo ella y yo, felices, en las mecedoras, y le digo:

—Abuela, seguí leyéndome a Heidegger que por eso lo compré en español, porque vos no sabés alemán, ni yo, ni querés aprender, ni yo.

Y ella:

—Ay, m'hijo, para qué me ponés a leer esos viejos tan aburridos…

Y yo:

—No protestés y leé que mañana te toca Husserl.

Leía, leía y mis pensamientos se iban tras sus palabras hasta que un colibrí los apresaba y se los llevaba a revolotear de geranio en geranio, de azalea en azalea, como un helicóptero de juguete en pleno vuelo de colores. El colibrí importuno me distraía de tan hondas causas, y la abuela seguía leyendo a Heidegger en el aire, y Heidegger, sin receptor, era como el zumbido de una abeja tonta. Después se soltaba una lluviecita rápida, espantapájaros, y mojaba al colibrí y a la abeja, para apagarse al ratico en ralenti, in diminuendo, diminuendo... Desde Itagüí, La Estrella y Caldas, los pueblos que se divisan enfrente, volvía entonces a soplar la brisa y a recorrer el corredor de los geranios y las azaleas, la brisa que me trajo hasta aquí.

Ya sé que no me está permitido recordarte, abuela, ni de soslayo, porque tu recuerdo para mí es la muerte. Que no está mal, por lo demás, pero me la prohibí ese día de esa carta, hace tantísimos años... Raquel Pizano, mi abuela, que cuando todo el mundo en Antioquia nacía en los pueblos nació en Medellín, en el barrio de San Benito. Tenía la propiedad más mágica que ningún psiquiatra de este mundo lograría ni siquiera imaginar: apretaba yo mi cabeza contra la suya y se me calmaba el corazón. Algo de eso, aunque en menor medida, tiene la Bruja, cierta virtud curativa. Este "la" es contaminación mexicana: en Antioquia se diría simplemente Bruja, sin artículo, puesto que es nombre propio. Como sea: pongo mi cabeza contra la suya y otra vez, como antaño, el corazón se me tranquiliza. ¿Qué tendrán en común ella y ella? ¿La inocencia, tal vez? Pero si ésta es una perraególatra, convenenciera, convencida de su belleza...

Sin contar el llamado "perro" presidente, ya hay demasiados perros en este mundo y no se pueden sacar a la calle ni a orinar porque se pelean. Como los hombres, pues. Y como los hombres son susceptibles de epidemias. Es el amontonamiento. Menos mal que nos tocó vivir, Brujita, en tiempos más despejados, con menos gente. Murámonos tranquilos que no dejamos nada atrás que añorar: una nube de smog arriba pesando sobre las cabezas de una multitud abajo matándose y oyendo noticias. ¿Qué tanto oirán, si nada les importa? ¡Qué especie rara esa del homo sapiens con la manía de enterarse! Y esas ansias inextinguibles, inexplicables de perdurar, aunque sea en otros, por interpósita persona, en hijos, libros o películas. O en una estatua. El hombre, Brujita, es una pobre bestia efímera, enferma de eternidad. Tú no. Ni yo.

En la mañana lluviosa, luctuosa, de crespones en que enterramos al poeta Paz —la mañana pálida, cenicienta y opaca del sepelio de los sepelios— hemos llegado el cortejo a la Rotonda de los Hombres Ilustres donde descansan Madero,

Obregón, Carranza y tantos otros contra su deseo
(de descansar), a depositar la urna sagrada en su
hueco de eternidad, y ante la multitud apeñusca-
da ya se dispone a hablar el presidente. Hay allí,
entre el tumulto, y los he podido anotar yo perso-
nalmente, con mi propia pluma, representantes o
miembros de: la Sogem o Sociedad General de Es-
critores de México; la Sociedad de Geografía y
Estadística; las Academias de la Lengua, de la Historia y de San Carlos; la Asociación de Críticos
Teatrales y la de los Periodistas Mexicanos Libres
y Soberanos; el Inba, el Isste, el Foviste, Pecime,
Pemex, Bancomer, la Fifa, Bancrecer, la United
Artists y la France Press, más el Abad de la Basílica, un enviado personal de Castro, el cuerpo diplomático, y María Pelotas, "el cuerpo del 83". Y
como único orador el susodicho, el presidente, este pequeño caudillo bajo de estatura pero alto de
ambiciones (para "su" pueblo, se entiende), rever-
berándole los reflectores sobre la calva, su noble
calva, su reverenda calva, su prematura calva, todos los ojos y los oídos puestos en él, cámaras y
micrófonos de nada menos que tres cadenas de la
Unión Americana como dice Zabludovsky el zanuco, o de los Estados Unidos como digo yo: la
CBS, el PBS y la ABC. Pues he aquí que no bien
ha empezado a hablar el primer mandatario, habiendo leído apenas el mero encabezamiento del
discurso que habíanle preparado ("Señores Secre-
tarios de Estado, Señores Embajadores", etcétera,

etcétera), hácelo a un lado, y en un gesto de esos que caracterízanle, conmovedor por lo espontáneo, explota en fuegos artificiales, en una verdadera fiesta de crepitus ventris per anum, en una salva, producto de la combustión interna de los alimentos ingeridos y los desarreglos de su conciencia. ¡Pum! ¡Pam! ¡Pas! ¡Pan! ¡Pan! ¡Pan! ¡Plas! Fue la única vez que dijo la verdad y así lo registra la Historia alborozada.

¡Qué! ¿Esta racha de muertos no va a parar? ¿Es que siempre ha sido así? Siempre no: Matusalén vivió novecientos cincuenta y siete años. Claro, como se acostaba con su hermana... El incesto es lo mejor, lo más sano. ¿Quién teniendo comida limpia y gratis en su casa se va a comer a los restaurantes caros y sucios de afuera?

¿El cortejo que sigo ahora es de quién? Estando yo de joven en Roma murió mi abuelo, y por mi imposibilidad de cruzar el charco no pude asistir a su entierro. Lo que cuento ahora se contaba en mi familia. Es a saber: que reunidos la infinidad de deudos en la finca Santa Anita, en el velorio, apareció una prima de él, vieja, a quien casi nadie recordaba: Rosa. Pues Rosa se pasó la tarde entera llorando al lado de mi abuela, aumentándole su dolor. Y de repente, como a las ocho, preguntó:

—Raquelita, decíme una cosa: ¿cuál fue el muchacho que se murió?

Creía la condenada que había sido uno de nosotros, de los veinte nietos, no mi abuelo, su propio primo, Leonidas, el esposo de mi abuela, el viejo. Lo mismo que digo ahora siguiendo este cortejo en carro, por el periférico: ¿Quién fue esta vez, que ya lo olvidé? ¿Rosa tendría como yo el mal de Alzheimer?

Yo lo tengo en etapa tres que es cuando uno olvida lo que le conviene. E igual oigo y veo. Así somos los viejos. Tengo también la corea de Huntington y el mal de Parkinson que me encalambra una pierna, y el pulso también: temblequeo. Razón por la cual no puedo escribir por mí mismo ni soy autosuficiente, y le tengo que dictar a alguien, a esa estúpida secretaria que hoy no vino, o a Peñaranda, mi amigo del alma, que aquí está. No te apures, Peñaranda, que tu plata no está en pérdida: algún día te pagaré.

Te nos fuiste, Octavio Paz, y siguieron los homenajes. Mas no a ti, a otros. Con decirte que ya le hicieron el suyo a Roberto Cobos "Calambres"; a Cri Cri lo sacaron en un billete de lotería, y a Johnny Albino en una estampilla. Y a muchos más, cómicos, actores y directores de menor cuantía, guionistas de folletines cinematográficos de los cuarenta y sus productores, autoras de telenovelas, viejos futbolistas desahuciados, qué sé yo. Los recibe el Congreso en pleno, Cámara y Senado a la norteamericana, y les dan su "standing ovation" u ovación de pie, que en tus tiempos no se estilaba. Como cualquier Miss Universo ellos lloran, qué emoción. Luego bajan del estrado bañados en lágrimas bajo el chaparrón de aplausos, "mismos", como dicen aquí, que la televisión refuerza con más, grabados. Los aplaude hasta el eco, el Universo. No sabes de lo que te estás perdiendo, Octavio.

¿Es acaso este entierro que sigo el de mi amigo Óscar Calatayud a quien conocí el día mismo de mi llegada a México, y nos fuimos esa noche de "chichifos", o sea gigolós de hombres? ¿O es el de mi amigo Edmundo Báez, que conoció a Barba Jacob? Los carros que van adelante del nuestro, los del cortejo, llevan las luces intermitentes encendidas, ¿y sabes por qué, para qué? Para que sigamos los unos detrás de los otros y al cambiar de luz el semáforo no nos perdamos, no nos desperdiguemos entre el carrerío de esta ciudad de México, ni tomemos la salida equivocada del periférico, viaducto, eje vial o anillo circular, camino de otro cementerio. O "panteón" como los llaman aquí, impropiamente pues en el panteón se entierran los dioses, y los hombres no son dioses: son pasto de soberbia y de gusanos.

¿Qué es lo que nos van diciendo pues las luces intermitentes? Que entre veinte millones nos vamos casi solos, solos con nuestro pobre cortejo, y que el muerto que va adelante es el muerto nuestro, y de nadie más. A veces, dejando la Agencia Funeraria Gayoso, por el periférico, veo venir otro entierro en opuesta dirección, arrastrándose lento, como un gusano, rebasado aquí y allá por los otros carros, por la izquierda, por la derecha, por arriba, por abajo, por el centro, por el carrerío indiferente al dolor, la serpiente veloz. A veces el otro entierro viene en nuestra misma dirección y nos alcanza y nos juntamos, nos mezclamos los dos cortejos, y así, con las luces intermitentes puestas, nosotros y ellos, sin darnos cuenta, vamos a dar al cementerio equivocado a enterrar otro muerto.

Y a propósito de equivocaciones, oigan esta equivocación: cuando moría Edmundo Báez en el Hospital Humana, un hospital de rateros (los médicos, se entiende, no los pacientes que son unas almitas de Dios), fui a visitarlo, y no lo encontré en su cuarto. Que estaba grave, me dijeron, y que lo habían pasado a "terapia intensiva", así llamada porque allí se paga más intensivamente. Y allí voy a dar a la susodicha, una amplia sala con diez cuartitos anexos, abiertos, dando todos a un gran recinto común. Me pusieron una bata aséptica y un cubrebocas y pasé.

—¿Dónde está el señor Edmundo Báez, señorita? —le pregunté a una enfermera.

—Ahí —me contestó la maldita, y me señaló uno de los diez cuartitos.

Me dirigí al cuartito señalado y ahí encontré a mi amigo moribundo: conectado a un respirador artificial, entubado, entraqueado, demacrado, apergollado, con la pelona encima queriéndole dar el zarpazo, y me solté a llorar, yo que no lloro. Lloré como diez minutos, seguiditos, recordando lo vivido con él cuando él era él. Cuando acabé de llorar y me sequé las lágrimas y empecé a ver claro, vi que era otro: Edmundo no tenía esa narizota enorme y roja que tenía el moribundo, que ni modo que le hubiera salido en cuatro días de hospital. No era, y punto. Así que cuando Edmundo murió, pues de todas formas murió, no tuve ya ni una sola lágrima para él: las había derramado por otro. Con Edmundo inicio mi libro sobre Barba Jacob, que si aún no lo has leído, Peñaranda, léelo, te lo recomiendo.

A mí que no me entierren con entierro en carro; lo quiero a pie, en uno de esos pueblos faldudos de Antioquia, subiendo paso a paso por una calle en pendiente, empedrada, desde abajo con batir de bombo. Y me quiero ir de este mundo oliendo, por esas callecitas pueblerinas, cierto olor poético que me desencadena en el alma —mi pobre alma campesina que jamás se fue de Antioquia por más que quiso— vagas esperanzas e infinitas añoranzas: estiércol de caballo. De suerte, mi querido Peña, que se me han ido muriendo todos y me he ido quedando solo, en el corazón del laberinto.

Y tente fino, Peñaranda, que aquí te van cuatro verdades. Una: El ser más feo, más malo, más dañino de la creación es la mujer preñada. Dos: Estos paisuchos parásitos, zánganos, limosneros de Latinoamérica se la pasan todo el tiempo pidiendo prestado para no pagar, pero eso sí, proclamando a los cuatro vientos y la menor provocación su soberanía. Tóqueles una pluma del penacho enhiesto de su soberanía insolvente y voltean enfurecidos, cual una lora rabiosa cuando le tocan la cola. Tres: A una lora rabiosa se le baja la rabia así: con agua fría. Uno de los momentos más felices de mi existencia fue cuando los Estados Unidos le quitaron a Panamá a Colombia y el presidente Roosevelt, Teodoro, el primero (no el "del ano"), declaró:

—Colombia y Venezuela están muy alzadas: hay que darles unos azotes en las nalgas.

Y se los dio con garrote. Cuarto: Si los médicos cobraran por curar se morirían de hambre: así que cobran por empeorar y matar al paciente. Quinto: No hay quinto malo. Sexto: Mañana te digo más.

A la muerte de mi amigo Wilberto Cantón su amiguito Marcos se convirtió en un gran "masajista sexual"; timbró su nueva profesión en tarjetas y atendía a domicilio. Un día le llamé por teléfono para preguntarle sus honorarios y se me hicieron muy razonables. Pero lo dejé pasar. Pasar, pasar, pasar, y no por respeto al amigo ausente pues yo no cargo con tales problemas; congruente conmigo mismo como siempre he sido, cuando siento una cosa claro no me la discuto; soy sano de mente y cuerpo, sin piedras en el riñón ni trabas en la conciencia. Lo dejé pasar, así nomás, por dejadez. Y el día menos pensado ya éramos viejos; y no sólo yo, que ya lo era, sino él que era un bello muchacho. Y como la vejez es la muerte, yo pagar por acostarme con la muerte... Con la muerte me acuesto gratis.

¿Wilberto Cantón? ¿Quién es? A estas alturas del partido, acabando el libro, ¿y usted todavía presentando gente? Qué le vamos a hacer, si se me siguen metiendo al potrero vacas...

Yo llamo los "musiciens", en francés, a los zancudos que trajo a México López el perro. Anoche fue una noche de quietud, los musiciens no vinieron a dar concierto. Así que estuve repasando la lista de los muertos para aprovechar, y recordando a mis amigos, a Wilberto, al doctor Girand, a Edmundo, a Calatayud, y a ese Alcides Gómez de Medellín, el inefable, que veía un muchacho bonito y le daba un vuelco el corazón: le empezaba a resonar y él a sentir sus fuertes, afligidos, holosistólicos murmullos en el tercer o cuarto espacio intercostal izquierdo al ladito del esternón (donde el poeta Silva se pegó el tiro), y los viernes, a las cinco, hirviendo la calle Junín de bellezas, un murmullito de flujo mediodiastólico y un ese tres en el ápice. Su homosexualismo se lo detectaba hasta un cardiólogo. El doctor Girand, sin ir más lejos, aunque Alcides no lo conoció, si bien está a su lado en mi libreta. La libreta insensata de los muertos. Conque esto es la vejez, irse quedando uno solo en un mundo atestado...

—Elenita —le decía yo—, ya va año y medio de que se murió la abuela y vos todavía no, ¿no dizque estabas tan enferma?

Y ella:

—Yo sí, sí estoy, muy enferma y me quiero morir, pero Él no quiere.

Tan enferma estaría la pobrecita que no volvió a mencionar la "Serenata" de Schubert que quería le tocaran en su lecho de muerte. Ésas son marihuanadas de los sanos. Cuando uno se está muriendo se está muriendo y no anda con pendejadas de conciertos. En cuanto a mí, yo no quiero oír ni zumbar una mosca. Y que se salgan de mi cuarto estos hideputas, como decía Don Quijote, que no quiero ver a nadie. Y no me dejes entrar cura, Peñaranda, que lo desnuco. En cuanto a los carteles fúnebres, si aún los siguen poniendo en las calles de Antioquia, el mío, tras los datos pertinentes (nombre, fecha y funeraria) quiero que rece así: "Se ruega no enviar coronas ni rezar por el difunto. El difunto era alérgico a las flores y se lo llevó Satanás". De lo que dejo, "saca di ái para tus gastos" como dice la canción, quemas la casa y que no le toque ni un centavo al gobierno. Quinto y último: Este testamento vale para Colombia y la República Mexicana. Para Honduras no. Y que pase el señor notario yo lo rubrico.

Advierto, al revisar el párrafo anterior que tan gentilmente me acabas de leer Peñaranda, muchos "quieros". Déjalo así, no cambies nada, que corresponde a cierta profunda verdad. Es que el viejo chocho se vuelve como el niño caprichoso que el primer verbo que aprende a conjugar es "querer": quiero esto y lo otro y lo otro, o no quiero esa sopa. Y si no le dan lo que quiere o le dan lo que no quiere, la sopa, abusando de que murió el Rey

Herodes se emberrincha el asqueroso. Conque esto es vivir, volver a los comienzos…

Como tú eres extranjero, Peñaranda, y se me hace que andas mal en geografía, he de explicarte una cosa: que Antioquia no es Colombia. Es parte de, pero para mí como si lo fuera, como si fuera el todo. Es ese regionalismo que junto con tantos males heredamos de España. Soy provinciano, qué le vamos a hacer. Cataluña el centro del mundo, y el resto el gran cagat.

Dejé el consultorio del doctor Flores Tapia porque me acometió el yoísmo o mal de Cuevas, el síndrome del Ego. No sufría que me siguieran diciendo: "Gracias doctor Flores Tapia por su curación milagrosa". Que me confundieran con el otro, y el otro en Acapulco con sus pisculinos en yate parrandeándose mi gloria. Un día que regresó por más dinero ya no me encontró. Ese día empezó su decadencia. Fue perdiendo, de uno en uno, poco a poco, su clientela judía y protestante. Y católica nunca tuvo. A los dos años no le quedaba un cliente. Como esos restaurantes de éxito siempre atestados, a los que nunca se puede entrar sin hacer cola, y un buen día llega usted y se sigue como Pedro por su casa diciéndose: ¡Qué milagro! ¡Si está vacío! No es milagro, es que cambió de dueño y dañaron la comida, por eso está vacío. Así con el consultorio del doctor Flores Tapia tras mi partida: la antesalita antaño repleta vuelta un desierto. Usted pasaba a consulta sin esperar, sin tener tiempo siquiera de leer los diplomas. Y no regresaba jamás. ¡Pobre doctor Flores Tapia! Mea culpa. Dicen que su mujer, la gorda, le perdió el respeto y lo cachetea en público. ¿Y saben de qué lo trata? Ni siquiera de paidófilo o pederasta o cualquier eufemismo culto del pecado que no osa decir su nombre: "¡Maricón!" Una noche en una fiesta me los encontré. Sentí una gran compasión por él, y un odio ipso facto por ella. Más mala que bruja cebada sobre niño de leche o "lechón", o que la peste del PRI si cabe. Y con esta capacidad de amar tan grande que me caracteriza, al punto la detesté. "¡Quítese di ái, del centro, con esas nalgas voluminosas y asquerosas!" se me antojaba decirle. Y estrangularla, no sin antes haberle extraído el clítoris con unos alicates como sacándole la cuerda a un reloj.

El cine, la psiquiatría, la venta de alfombras persas... Eso llena mis años de México, mis años vacíos. Después, sin darme cuenta, me he venido escribiendo este mamotreto sobre la vida mía, con la misma facilidad irresponsable con que la he vivido. Responsable el Congreso... Al cual me gustaría hacerme elegir para hacer expedir la ley de la gravedad, que les falta. Mas no hay tiempo, ya mi tiempo se acabó. Qué hace que era un niño lleno de futuro, y ahora soy un viejo cargado de pasado. ¿Y mis esperanzas? Las tiré en confeti y serpentinas por la ventana. En fin, no me quejo, ya me hice un programa: me acabo este libro y los días que me resten los dedico a la protección del anciano: de mí. A cuidarme, a restaurarme, a consecuentarme mis caprichitos.

El anciano es sagrado, el anciano es la memoria del mundo. El niño no, el niño es una caja hueca vacía: simple materia prima biológica, renovable y desechable, para reparar a los viejos con sus partes —ojos, corazón, hígado, médula, riñones—, un estuchito de repuestos o refacciones. Si lo que se requiere es mera renovación de tejidos y no cambio de órganos, no esperar nueve meses, utilícense embriones y fetos.

El anciano es sagrado, un tesoro en una casa. Sus venerables conexiones nerviosas no se forman de un día para el otro como en incubadora de pollos en un santiamén. Toman años: setenta, ochenta, noventa, cien... El niño no, el niño se hace rapidito. Copulan sus papás y a las semanas ya palpita el embrión pegajoso, coletea cual pez entre babas y lamas. Nueve meses de barriga y ya, nace. Y otra vez a empezar de nuevo la misma historia, a habilitar la bacinica vieja para sentar al cabroncillo nuevo a que aprenda el ABC. Se come las plantas, los animales. Excreta. Y con su excreción envenena los ríos, el mar, los lagos, los caños. Imitador nato, no bien le salen pelos en el pubis hace como sus papás y copula. ¡Y otra vez a empezar el ciclo! Mas sin embargo estoy de acuerdo con el Papa, no se puede parar la producción de niños. De acuerdísimo, Su Santidad: para reparar al anciano.

El que llegó primero clava su lanza primero, para su cruz y toma posesión del dominio. Así
ha sido siempre, pero con estos tiempos tan des-
quiciados... Tan patasarriba el mundo con los va-
lores trastornados y la UNICEF alcahuetiando...
Estas cosas las tiene que regular el gobierno, la Ley.
En caso de naufragio, verbigracia, procédase así:
se tiran los niños por la borda para entretener a los
tiburones, ¡y que pase el anciano a la lancha! Otra
cosa es inmoralidad y vivir en el extravío. Y negar-
le de paso al niño toda posibilidad de altruismo.

El niño es tábula rasa, una tabla lisa y pelona sin trabajar; el anciano es la talla delicada. El niño es bestia de sexualidad, como descubrió Freud;
el anciano fuente de paz. Désele a un anciano la
mujer más bella o el joven más agraciado y los re-
chaza; el pájaro no vuela más: ya llegó. Su música
—el mambo, el bolero, el danzón— es música clásica. Y no me explayo más en estas consideracio-
nes venerables porque dan para un tratado, mi
"Vindicatio senectutis" que acabando esto me pongo a escribir. Pasemos al Papa.

El Papa es el Vicario de Cristo aquí en la tierra travestido, y el Vicario de Satanás en el Valle
del Cabrón en pelota. Espía doble, hoy oficia en
el Vaticano, mañana en Zugarramurdi. ¿No lo he
visto yo en Zugarramurdi, en pleno país vasco, por
el mar Cantábrico, una noche de aquelarre con
unas brujas de Garmendia amigas mías, postrarse
ante el buco de retro, y darle "equidac ipordian

pot", que traduzco del vascuense como un beso en el trasero? Te he visto, no te hagas el hermético: desnudo con tus carnes flácidas moteadas de manchitas moradas, luctuosas, el sarcoma de Kaposi. Y escurriéndosete por entre los dientes de tu sonrisa hipócrita, de falsía verdiamarilla, las espiroquetas de la lúes de la perfidia que te corroe el alma. Te he visto, y Teresita de Jesús es testigo. Y en tu ojo izquierdo, encima del negro del ojo, la señal de la mano del sapo. Ojo a tus treponemas y a lo que haces, lacayo, no vayas a contagiar per angostam viam a tu Señor. "Ubi per diabolum se cognosci carnaliter per indebitum sexum, posteriori, per anum, pecatum sodomiticum commisit, et hoc est verum". Claro que es verdad. Amén de tactos y ósculos libidinosos, salesianos. Y no en un sueño vagamente recordado: en la vigilia alerta, vívido, lúcido, con estos ojos que tanto han visto de esta realidad desquiciada y que me pueden sacar si miento lo vi: él en cueros, entre una tropa de diablos en la asamblea de réprobos. Brujas escobáceas, infanticidas, envenenadoras, mixtureras, perfumistas, anticristas, sacrílegas, sortílegas, volanderas, volando las unas en palos de escoba, las otras en rejas de arado, las otras en horcas o leños o estacas a horcajadas, horqueteadas, sobre el cielo lívido del prado de Berroscoberro, en noche de viernes a sábado, con luna en cuarto menguante, cimitarra turca para decapitar cristianos, cuerno de Lucifer... Brujita niña, ¿tú eres de ésas? Claro que lo eres. Eres una bruja vasca, el summum del summun. Saboréate, babea con las babas de Pavlov que ya te voy a dar tu sopita de ojitos tiernos de niño. Y que baje la luna cornuda a mirarse en el espejo del charco entre ranas y sapos. Bruxos y bruxas de Arrás, de Toulouse, de Carcassonne, de Baldshut, de Biterna, de Santo Domingo y San Roque (Antioquia), negadores de Cristo, detractores, remisos, sigámonos esta noche al Valle del Gran Cabrón en España la católica, al valle del akerra, del boch, del buco, a la ceremonia de renegar: del bautismo, la confirmación, la confesión, la comunión, la extremaunción y todos los sacramentos habidos y por haber incluyendo el matrimonio entre negros (negro él y negro el otro); de la fe, del dogma, los concilios, las encíclicas; de mi padre, mi madre, mi tía, mi abuela, mi abuelo, mi primo, mi prima, mi hermano, tu hermana, las once mil vírgenes, los santos, las santas, la misa, el trisagio, la novena, el padrino, la padrina, la madrina, la pila bautismal, el copón, la custodia, la patena; a bendecir a Nuestro Señor Satanás, señor del horco, y a renegar de Dios el Monstruo que nos ha encartado con la existencia. Fornicaciones, sodomías, adulterios, réplica y contrarréplica. Y mastico y escupo la oblea ridícula de pan ázimo. Y predico el Evangelio y practico el estupro. Al Padre Eterno le cortaremos las barbas; al Hijo (hijo del doctor Masoch) lo bajaremos de la cruz y a lo Vlad el empalizador lo empalizaremos en una es-

taca per anum; y con el Espíritu Santo haremos
caldo de paloma, "mismo", como dicen aquí, que
condimentaremos con: ajo, cebolla y perejil, más
una que otra yerbita del herbolarium diabolicum.

Te digo que un viejo en casa es un tesoro.
Vale infinitamente más que un televisor. Al morir
Elenita, el último que nos quedaba, nadie en mi
familia reparó en ello, en tan profunda verdad, y
ahora mea culpa. Andaban en no sé qué polémica
porque se perdió una llave: la del cuarto de la televisión...

¿Otra vez zumban los "musiciens"? Ésta va
a ser noche de maldiciones. Como anoche y se me
hace que también mañana porque las lluvias los
exasperan, los exacerban como si los sacaran del
pavimento por generación espontánea. Pasan ante mi oído en la oscuridad como zurciendo el aire
con una maquinita de coser, o como cortando un
velo con una cuchillita de afeitar, rasgando la noche insomne: un tramito, otro, otro, cantándome
al oído su salmodia, su monodia. A veces pienso
que son aviones, que es una exhibición aérea ante
la tribuna del presidente el día de la patria. La tribuna es mi oído, pues no les interesa más en el
cuarto enorme; y el presidente, López el perro,
el que trajo a México los "musiciens", el espíritu
del pantano. Y lo maldigo a él y a toda su ascen-
dencia y su descendencia y a su parentela. ¡Qué!
¿Los males que le hizo este can a México nunca
van a acabar? Nunca. Pues para rematar la infamia

sexenal, "para acabarla de regar", con el mismo dedo que utiliza para ciertos menesteres inodóricos,
sanitáricos, dio el dedazo y designó al Tartufo que
nos desencadenó el terremoto y nos heredó al En-
grendro. ¿Y se va a ir de este mundo sin castigo,
impune? Cierro el puño al aire a ciegas, en la oscuridad, furibundo. Una vez en un millón le atino y cacho al maldito; prendo el foco y una vela,
lo estaco con un alfiler, y lo achicharro en la llama
de la vela. Después me doy a levantar un pequeño
inventario de las infinitas formas que tiene la Muerte, la ingeniosa, de matar.

A Tina Galindo le estalló la olla Presto. Martha Roth, mi vecina, del sexto piso, se fue por la
ventana sacudiendo una alfombra por no soltarla,
por agarrada, y aterrizó de cabeza en el pavimento; la alfombra, que evidentemente no era vola-
dora, la envolvió como mortaja. A Pito Pérez se
le paró el corazón en el coito. A Teresita Pizano la
mató de psitacosis una lora. A Corso Duarte la as-
pergilosis de un pajar. Marilú Pacheco murió de
un pastelazo; sin que se sepa por qué, pero así fue,
al abrir el horno éste reventó y le lanzó el pastel a
la cara y la asfixió. A Firuliso Pérez en el Hospital General (y está en sus records), lo operaron de
nefritis terminal del riñón izquierdo. La operación fue un éxito, sólo que le sacaron el derecho:
en tres días lo mató el amonio. Rosario Castella-
nos, la escritora, la embajadora de México en Israel, se electrocutó en Tel Aviv en su bañera con

una rasuradora de piernas. Y hablando de piernas: a Maruca Palomino, la gorrona, al prepararse un scotch con soda en casa ajena, se le cayó la botella de agua mineral de Tehuacán y le explotó incrustándosele un cristal en una pierna: se le infectó, se le gangrenó, se la cortaron, y subió al tribunal de Dios a hacer cuentas. A una de las Legorretas la picó (o mordió, yo no sé de eso) una tarántula que había traído de un safari en África: salió corriendo despavorida buscando un médico, no vio el letrero de "Hombres trabajando" y se fue a un hueco del alcantarillado público; de la tarántula se salvó; del tifo no.

Ítem más, la Muerte mata también por analogía, como se verá comparando el ejemplo anterior con el que sigue: Antonio Lomelí, amigo de mi amigo Toño Ojeda, y su tocayo, se emborrachó una tarde en casa de éste y lo agarró la noche. Al regresar a su apartamento, a oscuras y trastabillando, tanteando, advirtió que había dejado las llaves adentro. Pidió permiso en el edificio de al lado y se lo dieron; dio un salto de metro y medio sobre el vacío; avanzó cuatro metros por una cornisa estrecha haciendo equilibrios sobre los siete pisos de abajo (borrachito, ¿eh?); llegó a su ventana; se envolvió el puño en el pañuelo; de un puñetazo quebró el vidrio; la abrió; entró. Entonces se le vino encima con un cuchillo un ladrón que estaba adentro y de una cuchillada se lo escabechó.

Incluso a veces la Muerte miente. Ramoncito, el vecino derecho de la finca Santa Anita de mi abuela (el del lado izquierdo es Avelino Peña), soñó que la Muerte le decía: "Este domingo cuando vayas a misa a Envigado, te voy a matar en Envigado". El domingo llegó, Ramoncito se puso su traje dominguero, y se fue a misa: a Sabaneta. Al llegar a Sabaneta, bajándose del camión "de escalera" de pasajeros, vio a la Muerte esperándolo en la carretera: la esquelética, la pelona, burlándose con sus dientes blanquísimos de él. Entonces Ramoncito notó que la Muerte, cosa curiosa, tenía dentadura postiza, o "caja de dientes" como la llaman en Antioquia. Absorto en esta observación no se dio cuenta del otro camión de escalera que venía en sentido contrario y lo arrolló, lo hizo trizas: como a veinte metros fueron a dar los sesos.

En cuanto al gordo Avelino Peña, el del lado izquierdo, salió de su casa un día persiguiendo una vaca horra y jamás volvió. Cuatro meses después lo encontraron, en un senderito marginal, atrancado entre dos barrancos o peñas: el esqueleto. Lo reconocieron por el escapulario de la Virgen del Carmen, abogada de imposibles, que siempre llevaba puesto. Y en efecto, el caso tiene visos de imposible pues: al no comer por tantos días, Avelino Peña adelgazó; y si adelgazó, ¿por qué no salió del atrancón? Además, cómo pudo pasar la vaca que iba adelante por más horra que fuera, ¿y él no?

A Maruja Rendón, hermana de mi abuelo, en plena iglesia de San Roque la fulminó un rayo. ¡Cómo! ¿No tenía esa iglesia pararrayos? ¡Qué sé yo! A lo mejor tocó el tubo a tierra del pararrayos al encender una veladora... La Muerte es muy fiel con los fieles. ¿No se acuerdan del temblor de Manizales que le tumbó las dos torres a la catedral y aplastó a un montonón? Bobitos. Pensaron que la catedral era una embajada con inmunidad diplomática... A doña Antonieta Martino viuda de Palafox y Cuatrecasas, en París, camino del aeropuerto de Orly, de regreso a México, le cayó un Volkswagen de un trailer de un puente encima y la comprimió en su taxi. Lo difícil fue sacarla del taxi; lo fácil fue repatriar sus restos a México: metieron la laminita prensada en una carta y "Ahí les va su mamá..." Ya a su difunto marido, don Miguelito, le había caído una llanta de avión en la testa. A Juan Verrospe, el tramoyista, le ganó un contrapeso: se lo llevó veinte metros arriba y contra el techo del Teatro Hidalgo lo estrelló. Unos mueren porque suben, otros mueren porque bajan, unos porque se caen, otros porque les caen. Libertad Lamarque, de joven, por amor se lanzó de un edificio y le cayó a un señor. Pobre señor, lo mató. Yo aplastado por la Dama del Tango, víctima de despechos de amor ajeno, Dios libre y guarde. Mejor que me caiga encima un Steinway de cola, o que se me meta por un ojo el sarcoma de Kaposi.

El contraste entre lo manido, lo ramplón del nacimiento que siempre es saliendo de adentro, y las renovadas originalidades de la Muerte me causa estupor. Ante su léxico inagotable, su variedad sintáctica, su imaginación desbordada, davanti a lei, Signora Morte, mi toglio il capello.

¿Y cómo te piensas llevar a tu admirador, travesuela? ¿Le tienes deparada una muerte aparatosa, o te lo piensas escabechar como a cualquier burgués en su cama? ¿Y si adelantándome a tus designios, conociéndote como te conozco, te juego una mala partida, y me voy como Antonieta Rivas Mercado a la catedral a hacer ruido, a profanar? Me chanto un par de tacos de dinamita de pescador en la chirimoya, uno en el oído izquierdo, otro en el derecho para contrarrestar, desconecto la instalación de foquitos de la Virgen, y en el enchufe enchufo el detonador y... Elenita niña, ¿dónde estarás? Esta noche me acuerdo de vos porque tampoco he podido "pegar un ojo". ¡PUUUUM! ¡Coño! ¿Qué fue esa explosión?

Me conmueve ese suicidio en la catedral, casi tanto como las urgencias sexuales de un viejito. Porque los hay, viejitos libidinosos, pájaros que ya llegaron y vuelven a alzar el vuelo. Santa Madre Iglesia, dígame una cosa: qué es más escandaloso: ¿la sexualidad infantil de Freud, o la sexualidad senil de tu abuelo? El hombre de la cuna a la sepultura es una bestia de lujuria. ¡Qué baños turcos de Nueva York ni qué sarcoma de Kaposi! Si el niño de teta o lechón o mamón es coprófilo... Mi difunto amigo Wenchito Mont, a los ochenta años todavía tenía erecciones: soñaba que se despertaba durmiendo con Robert Taylor. ¡Original! ¡Decadente!

¿En tantos años no has podido grabar otra cinta? A mí me conmueven estas cosas. Y me conmueve el padre Tomasino en clase de apologética tratándome de probar, a la desesperada, con argumentos sobrehumanos, la existencia de Dios. Dios no existe ni vuelan las alfombras. Todos quisiéramos que sí, pero no. Si existiera y si volaran, Martha Roth no se habría descoñetado cuando se fue por su ventana. Martita: yo a estas alturas en lo único que creo, y a lo que le temo, es a la gravedad. Por qué no soltaste la maldita alfombra, bobita, agarrada. Ahora nos estaríamos tomando el té tan a gusto los dos, comentando otros muertos…

"¿Quién es? ¿Quién es? ¿Quién es? Ya lo voy a decir, ya lo voy a decir, ya lo voy a decir… Pachito Eché es un gran señor, le gusta el baile y el beso de amor, es antioqueño y muy trabajador…" Falso, falsísimo, la canción aquí miente; Pachito Eché o Francisco Echeverri, de mi tierra, Antioquia, no fue muy trabajador, ni poquito: nada, jamás trabajó: era rico. Y como rico que se respete y le sobre el tiempo y le alcance, sentía como una especie de necesidad por los muchachos, como una debilidad, como una fascinación, como que le hicieran falta. E igual su hermano, que lo acompañaba a todas partes y le alcahuetiaba. Aquí vinieron a México de parranda, y de parranda en parranda fueron a dar a las de Wencho Mont, quien entonces los conoció y medio siglo después me lo ha contado.

—¡Cómo! —exclamé estupefacto—. ¿Conociste a Pachito Eché? Jamás me imaginé que hubiera existido. Siempre pensé que era un porro. ¡Y venirlo a saber en México! Hasta ahora me desayuno.

Y me puse a temblar con temblor reverente, como cuando Edmundo Báez me contó que había conocido a Barba Jacob, como si estuviera yo tocando con mis propias manos el mito, la nube que suelta el aguacero. Conque existió Pachito Eché y le gustaban los muchachos… ¡Como yo! Quiero decir, como yo que existo. Y me toco y me palpo y sí, soy real, existo. Lo que pasa es que a veces cuando digo yo no soy yo, soy él, el doctor Flores Tapia. A ver, ¿cuándo fue la última vez que se confesó, cuánto hace? ¿Un mes? ¿Tanto así? Es mucho. En un mes naufraga la salud mental más solidificada. Aquí hay que venir más a diario. Dígame sus pecados.

Y cuando salga de este consultorio, algún día, semicurada, no me monte señorita competencia poniéndose a ejercer la profesión como hacen tantos y tantas. Ya Stekel lo advirtió: "Pacientes desertores se hicieron analistas, y así ocurre que enfermos semicurados ejerzan por todas partes la profesión de psiquiatras": Wilhelm Stekel, palabra de Dios.

Otro que conoció a Pachito Eché fue Morley Webb, amigo de Wencho, y por la cuarta ley del silogismo amigo mío: Colombia limita con Ecuador; Colombia limita con Venezuela; luego Ecuador limita con Venezuela. Verdad irrefutable que sólo te puede refutar el mapa. Consúltalo.

—¿Por qué no vas al dentista, Morley —le dije un día, gorreándole una copa por hacerlo sufrir—, a que te cambie esos dientes que tienes tan asquerosos, si eres millonario? Que te pongan dentadura postiza o caja de dientes.

Y él, con ese acento gringo de Illinois que agarró en una granja como con un rastrillo como removiendo paja en un pajar:

—¿Y para qué, si sacando cuentas con el médico no voy a vivir dos meses?

—Para que en esos dos meses puedas masticar mejor los alimentos y pronunciar menos mal el español, que en cincuenta años en México no has podido aprender.

Que no, que lo dejara así que así como estaba estaba bien. Murió de enfisema diez años después, con los dientes podridos. Entre los cuadros que dejó había un dibujito de Cuevas (una de esas caras hinchadas que es lo que él pinta), con una leyendita abajo que decía: "Pintado a las diez de la mañana del veinticuatro de octubre de mil novecientos ochenta y tres mientras charlaba por teléfono con fulanita de tal", y firmado Cuevas. ¡Como si le importara al mundo tanto cuándo cagó la vaca!

En una tregua de los "musiciens" la otra noche tuve un sueño más loco que una cabra. Soñé que quería oír música. Pero como no tengo en qué, que decidía bajar por el carro, que tiene radio, para oírlo en mi apartamento. Sólo que ¿cómo subir siete pisos un carro hasta un apartamento? ¿Por el elevador? No cabe. ¿Por la escalera? No va a querer. Los carros son como los caballos, que no quieren subir escaleras. El otro problema es que tampoco tengo carro. ¿Qué querrá decir este sueño? ¿Tendrá alguna connotación sexual? O será que por los tortuosos caminos del inconsciente me estaba acordando de Salvador Bustamante que un día de infinita pobreza en Nueva York nos dijo:

—Les prepararía un café si tuviera café, pero como nos cortaron el agua y se acabó la azúcar…

—No se dice "la" azúcar, Salvador, suena mal; se dice "el" azúcar.

Y él que no, que la azúcar es "la" porque es de sexo femenino y en prueba que empieza por "a".

—Entonces ¿por qué dijiste "el" agua? Además el sexo de una palabra, como tú llamas al género, no lo determina en español la letra con que empieza sino, y esto a veces, la letra con que acaba. Por ejemplo: cuando te hagas operar en Marruecos y sacar vagina te vamos a llamar Salvadora.

Y él que jamás, que jamás se haría operar en Marruecos pero que si se operaba se iba a llamar Golda Meir. Y le quitaba el mantel a la mesa, de cuadritos blancos y negros, se lo chantaba en la cabeza como un rebozo, y decía que era la primera ministra en gira por un kibutz. Vivía obsesionado con esa señora, dándole declaraciones a la prensa: a nosotros, que le tomábamos fotos y lo entrevistábamos:

—¿Qué piensa hacer con los árabes, excelentísima señora?

—Les voy a dar por el Gólam.

Otras veces le daba por decir que era una cabra arrecha, o sea excitada. ¿Tendrá que ver la cabra del sueño mío con esa cabra loca de Nueva York?

Para que entre exposición y exposición el mundo no se olvidara de él, Cuevas se volvió escritor y montó columna en Excélsior: "Cuevario" se llama ese disparatario diario, en que sólo habla de él, él, él, él, o sea yo, yo, yo, yo, y en torno de ese yo gravita el mundo. Si te dijera, José Luis, lo efímero que es el periódico… Una pompa de jabón. Si te nombrara unos cuantos de esos que sólo yo sé porque aprendí a conocerlos durante los años y años que me pasé tras los pasos de Barba Jacob en esos templos del olvido que son las hemerotecas: Rafael Heliodoro Valle, Fernando Ramírez de Aguilar o "Jacobo Dalevuelta", Porfirio Hernández "Fígaro", Francisco Zamora, Jorge Flores, Alfonso Taracena, que durante cuarenta, cincuenta, sesenta años escribieron en Excélsior, en El Universal, en Novedades, ¿y hoy quién los recuerda? ¿Los has oído tú, siquiera, mencionar? Pues pasaron por tu mismo periódico y pisaron como tú, y durante buena parte de tu tiempo, tu mismo planeta. Vanidad de vanidades. ¿Para qué inflar la pompa de jabón si se revienta? Acuérdate de la señora Félix que sólo ha comido en los últimos cincuenta años pollo. Pollo hervido o hervido el pollo para conservar su juventud y su belleza. Sobrevivió al parlante, a la profundidad de campo, al pancromático, al color, al Cinemascope, a la tercera dimensión, a la película de setenta milímetros, al ciclorama, al sonido magnético y ortofónico, pero esta anciana carnívora devoradora de pollos, que la Sociedad Protectora de Animales aún no ata, y que con la misma saña de los años, de los lustros, de las décadas, se ha comido ciento cincuenta mil ochocientos noventa y tantos ejemplares deshuesados de los pobrecitos, se fue haciendo chiquita, chiquitita, chiquitititita, y la cabeza se le fue encogiendo, encogiendo, encogiendo hasta volverse una obrita maestra de jíbaro. Hagámonos José Luis y María, esta mañana radiante y soleada en que hemos amanecido, un memento mori antes de que nos llegue la que habla poco, la Parca. A la vejez sigue la muerte y a la muerte el hueco y al hueco el olvido con uno de esos adverbios en "mente" que pesan como una losa de ataúd: ineluctablemente. ¿A qué tanta vanidad si hasta la tumba nos acompaña el culo? Ángel de la Guarda, mi dulce compañía, no me desampares ni de noche ni de día. Yo ya no soy yo, soy un pigmeo.

Y ahora que hablas de hombrecitos bajitos, me dicen los que lo conocen (aunque no sé si bíblicamente) que José Luis está pintando como enajenado. Encendido en la hoguera del Ego pinta todo el día. Una carita hinchadita aquí, otra carita hinchadita allá; otra y otra; otra, otra, otra (pinta de a dos y de a tres). Firma sus dibujitos con el apellido Cuevas, solo, como Bolívar, les pone fecha, y ya tiene tantos cuadritos Cuevas que va a montar museo. A mí me parece bien, pero que no lo ponga Museo Cuevas porque suena mal, Cuevas suena a "güevas". Que se llame mejor Museo Fernando Botero que suena mejor. Pero no, tampoco, Botero me suena a "gotero". ¿Museo Gotero? Dejémoslo así.

A mi modo de ver y entender, la solución del problema del carro es así: se compra un carro; se desarma; se suben las piezas por el elevador; y arriba se arma. Y que pasen los pacientes al interior del cuarto de su doctor a admirar la maravilla, el Studebaker negro entronizado en el centro como un monumento definitivo a la psiquiatría después de Freud. ¿Que quieren música? Les pones en el pasacintas la "Salomé" de Strauss en pelota y los apabullas.

La solución de subir el carro con grúa después de lo que te he contado no te la recomiendo: se puede desprender y te puede caer. Montado su viejo Pontiac en un simple gato de cambiar llantas, y él metido debajo haciéndole una revisión, murió el consuegro de mi padre, don Germán Vargas, estripado: el gato se cansó. He aquí otra muerte por estripamiento analógico, otra solución automotriz como la dada a la larga vida de doña Antonieta Martino de Palafox. La Muerte no se da abasto y ya se repite como Cuevas.

Ya instalado el Studebaker en tu cuarto, haces tumbar la pared que da al parque, y en la noche aselénica y sorda enciendes los faros y alumbras las copas de los árboles. Verás entonces, y acuérdate de mí, cantidad de murciélagos y chapolas y mariposas y pajarracos de diversa facha y tacha, habitantes de la Noche y sus guaridas, salir en polvorosa: se arma como una orquesta antes del concierto, ensayando cada quien por su lado, una sinfonía del revoloteo.

¡Las cosas que tenemos que oír los psiquiatras! Tras la matanza de Tlatelolco, y en la matanza del Cine Cosmos, a los que no se despacharon los halcones in situ y escaparon heridos, un militar cuyo nombre no diré, por órdenes de un presidente cuyo nombre ya he olvidado, fue a rematarlos de uno en uno, de hospital en hospital por toda la ciudad de México. El militar vino a consulta porque ya no podía más con su conciencia. Que dizque le pesaba, que lo ahogaba.

—¿Y como cuánto le pesa, general?

Que como veinte muertos. ¿Veinte apenas? Veinte para un general de la República es un número pequeño. Yo, que no hice carrera militar, llevo dos: una vieja en París y un chavo en Andalucía (véanse "Los Caminos a Roma"). Usted actuó en bien del orden público y el orden público es sagrado. Casi tanto como las cuentas del presidente, que de tan sagradas ni se pueden mencionar. Usted sabe y me entiende. Así que tómese su tequilita y váyase a cenar tranquilo que el día se acabó y la consulta. Al salir le paga a la señorita doscientos mil pesos, y así le estoy haciendo un descuento de veinte mil por muerto o cabeza.

¿Y quién fue ese presidente sabio, abnegado? El nombre no lo diré, y menos el apellido, que empieza por "e". ¿Echandía? Tibio. ¿Echegaray? Más tibio. ¿Echeverri? Caliente, caliente, caliente.

¿Y tiene forma de probar doctor tan graves afirmaciones? ¿Afirmaciones? Si no lo afirmo ni lo niego sino todo lo contrario. Me lo dijeron en secreto de confesión, mas como en la ceremonia de renegar renegué también de este sacramento, aquí lo revelo. Lo que me entra a mí por el oído izquierdo me sale por la boca pues no oigo por el derecho. Y veo mal. Sombras. Sombras nada más en las conciencias. ¡Mesero! Esta lengua a la veracruzana que le pedí está durísima. Parece de vaca vieja. ¡Llévesela! Este cabrón me trajo la lengua de Octavio Paz…

Y aquí se impone una rectificación. El general Obregón no está en la Rotonda de los Hombres Ilustres como dije, obnubilado por la muerte del poeta. Reposa en su monumento con su brazo. La Muerte, que opera bien, le juntó el brazo al manco.

A este general manco lo mandó a matar Calles. León Toral no lo mató. Al cadáver de Obregón le encontraron en la autopista más de treinta tiros. ¿Cómo el pobre de Toral lo iba a matar trein-

ta veces ante tanto público? Todos estaban conjurados. Todo el público disparó. Y a Carranza lo
mandó matar Lázaro Cárdenas. En el museo de
Carranza, en la esquina de las calles de Amazonas
y Río Lerma, se conservaba una orden filmada por
el futuro expropiador petrolero a un militar de Veracruz: "Si Carranza entra en su jurisdicción, que
no salga". No pasó de Tlaxcalantongo. Del museo
de Carranza un día la orden solita se esfumó. Y la
expropiación petrolera la hizo el susodicho por órdenes de los Estados Unidos que querían evitar que
el petróleo mexicano de los ingleses y holandeses
cayera en manos nazis. Y cuando la primera intervención norteamericana, Juárez, el futuro "Benemé-
rito" y entonces gobernador de Oaxaca, comentó:
"Con tal de que no lleguen a Oaxaca". Cuando acabe este libro cuentavidas, deslenguado e hijueputa, me voy a escribir la historia de México con el
título de "Historia Infame". ¡A desmitificar el mito, carajo, y a ordeñar la vaca y a pinchar a Tlaloc
para que suelte el agua! ¿Y la de Colombia? ¿Quién
se la va a escribir? Ésa que se la escriba su madre,
la madre España.

Y ahora toma aire Peñaranda, contén la respiración, ármate de paciencia, papel y lápiz y ábre-
te párrafo aparte que te voy a dictar un chorizo,
lo que este libro al terminar ha de ser, cuando ad-
quiera su prístino genio y figura, cuando acabe,
cuando acabe. Un libro así: chocarrero, burletero,
puñetero, altanero, arrogante, denigrante, deliran-

te, desafiante, insultante, colérico, impúdico, iró-
nico, ilógico, rítmico, cínico, lúgubre, hermético,
apóstata, sacrílego, caótico, nostálgico, perifrástico,
pleonástico, esquizofrénico, parabólico, paradóji-
co, inservible, irrepetible, irreparable, irresponsable, implacable, indolente, insolente, impertinente,
repelente, recurrente, maldiciente, demente, senil, pueril, brujeril, burlón, ramplón, parcial, sec-
tario, atrabiliario, escabroso, empalagoso, tortuoso,
tendencioso, rencoroso, sentencioso, verboso, cena-
goso, vertiginoso, luctuoso, memorioso, caprichoso, jactancioso, ocioso, lluvioso, luminoso, oscuro,
nublado, empantanado, soleado, alucinado, des-
quiciado, descentrado, solapado, calculado, obsti-
nado, atrabancado, desorbitado, iracundo, bufo,
denso, impío, arcano, arcaico, repetitivo, reitera-
tivo, exhaustivo, obsesivo, jacobino, viperino, vitu-
perino, luciferino, hereje, iconoclasta, blasfemo,
ciego, sordo, necio, obsceno, rojo, negro, terco, tor-
vo, terso, gratuito, execrable, excéntrico, paranoi-
co, infame, siniestro, perverso, relapso, pertinaz,
veraz, veloz, atroz, soez, sagaz, mordaz, feliz, falaz,
revelador, olvidadizo, espontáneo, inmoral, insensato, payaso, y como dijimos antes de empezar y
para que no se te vaya a olvidar, cuentavidas, deslenguado e hijueputa. A México lo educó la Revolución en el peculado, el crimen, el cinismo, la
extorsión, el fraude, el abigeato, la lambisconería,
la alcahuetería, la impunidad, la tortuosidad, la malicia, la diplomacia, la mentira. Y cuando al cabo

de setenta años, por fin, surgió el hombre capaz de curarlo de sus males sin cuento y de acabar con los mosquitos y los terremotos, venía la Muerte en sentido contrario al suyo por la carretera y chocó con ella. Clouthier. Su nombre brilla como un diamante en un chiquero. ¿Y que por qué lo menciono aquí? Por la misma razón que tú no te llamas Rodolfo Mondolfo y que estuviste nueve meses en el vientre de tu madre y no diez. Bruja cambuja, hoy te voy a dar tu jarajuja, tu sopita de niño tierno. De este niño qué prefieres: ¿la médula, o los ojos? ¡Mala! ¡Te saboreas! Y te los tengo que dar en piecitas, de a poquito, o te los tragas de un zampazo. ¡Comelona! ¡Tragona! Ya sé que no escasean, pero ¿no ves lo difícil que es conseguirlos, quitárselos a sus mamás? Y el proveedor me cobra un ojo de la cara. De la mía. Cómetelo de a poquito, salivando, degustando, no de un tirón que son bucato di cardinale.

Los seres más malos son: el presidente, el congresita y el policía. ¿Y el Papa? El Papa es travesti. ¿Y los médicos? Abajo hablo de ellos. Aquí concentrémonos en el primer mandatario.

—Concentrémonos —como dijo Hernando Giraldo en un coito— y no nos dispersemos que por abrir segundo frente Hitler perdió la guerra.

Policía muerto da por lo bajito tres años de indulgencia. ¿Qué menos te puede dar? Y si esta premisa es cierta, un congresista te da indulgencia plenaria y un presidente te gana el cielo. En

Colombia, país en permanente candidatura a la presidencia, los candidatos caen como moscas. Entonces bendigo la luz del sol y le canto al cielo. Es la mano de Dios la que guió al asesino, de Dios el desentendido que disperso en galaxias y estrellas por fin se ocupa de sus asuntos terrícolas y toma las riendas de esta tierra. Ese día compro el periódico y me lo leo y me lo releo y me lo saboreo y le saco más gusto que un perro a un hueso o que un candidato electo a la presidencia. Me miro al espejo y los ojos me brillan con brillo nuevo. Como mejor, duermo mejor y sueño con playas de palmeras. Sobre las palmeras vuela una bandada de loros verdes, redundantes, burlones, gritando en coro:

—¡Hijueputas, jua, jua!

El mar me mece el sueño y sueño con marineros. ¡Qué despertar! ¡Qué día más policromado cual una mariposa y los pajaritos cantan y yo con ellos, el himno nacional! Bendigo el orden establecido. Sopla la brisa. Dios existe. Creo en Dios. "Creo en Dios Padre Todopoderoso creador del cielo y de la tierra, y en Jesucristo su único Hijo…" ¿Cómo es que sigue? ¿Cómo es que sigue? Se me olvidó… Ya sé, ya sé, ya sé: "Quién es, quién es, quién es: te lo voy a decir, te lo voy a decir, te lo voy a decir…" Ah no, ése es el porro de Pachito Eché. En fin, la intención es lo que cuenta y no la letra sino el espíritu de la Ley.

Y ahora sí, ¡suéltenme la jauría de médicos a ver si alcanzan mi trineo! El médico no cura, el tiempo cura por él. O los antibióticos, que hacen los hongos, que él no inventó, pero que receta a diestra y siniestra, a la loca. Ellos hacen el trabajo y él cobra. Cobra, cobra, cobra. Es una cobra, una serpiente ponzoñosa, un áspid, un crótalo. Opera y te deja adentro los guantes, un carrete de hilo, una brújula, el bisturí. Impune porque el organismo es oscuro y es difícil probarle sus desaguisados, mata y se lava las manos. Dizque es la "asepsia". Es un Judas Iscariote y un Pedro el caludicante.

—¡Doctor, qué le hizo a mi marido que estaba vivo! —le increpa la pobre viuda en llanto.

Y el condenado:

—Estaba, pero ya no. Todos quisiéramos seguir viviendo…

¿No me lo dijo a mí el doctor Barraquer, el oftalmólogo, la lumbrera, cuando después de su operación de ojos le dije que veía peor?

—Todos quisiéramos ver mejor —me contestó—, pero no se puede. Antes usted veía sombras; ahora ve dedos.

—No doctor, no me discuta, no me diga a mí lo que veo o lo que no veo que yo soy el que estoy metido detrás de mis ojos. Ya no veo ni sombras de dedos.

Y él:

—¿Qué ve aquí?

—Tres dedos, doctor.

Se quedó mudo; no eran dedos, no eran los dedos de su mano santa, para operar bendita: me había mostrado una naranja. Uno de esos regalitos que le llevan sus pacientes agradecidos porque el doctor es un santo que hace ver hasta a un ciego. Nada de eso: es que ellos "creen" que ven. No hay fuerza mayor sobre esta tierra que la fe. "La fe mueve montañas", dijo Giovanni Bosco, el amante de Dominguito Savio. A Liíta, mi mamá, la mató el doctor Montoya con una sobredosis de confianza.

—Usted no tiene nada, doña Lía, váyase tranquila a su finca a nadar en la piscina que todo es cosa mental.

Saliendo del consultorio cayó fulminada.

—Estenosis coronaria con infarto al miocardio —sentenció el maldito.

Para eso sí son buenos, para ponerles nombrecitos raros a las enfermedades en los certificados de defunción. A todas les tienen nombre y ninguna curan y por todas cobran. Escriben con letra ininteligible y hablan en jerga hermética. A la fiebre la llaman "hipertermia"; a las agruras "pirosis"; al mal aliento "halitosis"; a la gripa "coriza"; a la mierda negra "melena"; y si es con grasa "esteatorrea", y si con dolor "tenesmo"; al hambre "bulimia"; a la falta de hambre "anorexia"; a los gases atrancados "meteorismo"; a los pedos "flatos", e "hidropedesis" al sudor, e "hiperhidrosis plantar" al de los pies; a la pereza y haraganería "astenia y adinamia"; al vómito "emesis", y si es de sangre "hematemesis"; a la sangre por la nariz "epistaxis"; por el trasero "proctorragia"; a las ladillas "ptirius pubis"; a la sarna "escabiasis"; a la hinchazón "edema"; ellos son dizque "clínicos" y el hospital "nosocomio"; si orinas mucho es "poliuria", si poquito "oliguria", si un poquito a cada ratico "poliaquiuria", y si nada "anuria". Impenetrables y de pocas palabras, hay que oír a estos comemierdas o "coprófagos" cuando hablan. Llaman al moribundo "enfermo terminal" y al niño por nacer "el producto". ¿No le oí yo decir al doctor Kumate, el microbiólogo, el virólogo, el toxicólogo, el ministro de Salubridad, el eminentísimo, decir, y mil quinientos pares de oídos me pueden desmentir si miento, decir que el sida era una enfermedad "ecuménica"? Se le hizo poco una "pandemia" o epidemia universal. Ecuménicos los besitos del Papa... Y a propósito, Su Santidad, ¿el matrimonio entre negros está permitido? ¿Sí? ¡Qué bueno! Porque tengo un par de mariquitas negras amigas mías que se quieren casar.

En este mundo trastornado en que los peluqueros maricas son estilistas, como yo, el huesero o componedor de huesos se llama "ortopedista". Pero ya no compone, manda sacar radiografías y cobra. Fui a dar adonde una de estas cobras cuando me torcí un tobillo bajando la escalera por la que no pudo subir el carro. Me hizo esperar, para empezar, tres horas de antesala leyendo revistas viejas y manoseadas vaya a saber Dios por qué sifilítico. Para continuar, me mandó sacar una serie de radiografías donde su compinche el radiólogo (pero donde ése y no donde otro porque era al único que le tenía confianza): de frente, de lado, de arriba, de abajo, de enmedio, de afuera, de adentro. Y para acabar, después de otras tres horas de antesala dando vueltas en el aire con mi conciencia, le echó un vistazo de ojo avezado a las radiografías a contraluz de un foco y diagnosticó:

—Un esguince.

Lo que su perspicacia inicial sospechaba. Antiguamente el "esguince" se curaba con masajes.

—Ya no. Se cura solo.

Y vuelta mi vulgar torcedura un elegante esguince, salí a curarme solo con el rabo entre las patas. Es la palabra más cara de mi vida. Pero te juro Peñaranda por esa madre que ya no existe, que jamás he vuelto a bajar escaleras de dos en tres. Cuando me da el impulso me digo "esguince" y santo remedio, curado.

Elenita: ¿Y entre las enfermedades con que amaneciste hoy no tenés por casualidad un lupus eritematosus sistémico, o una ataxia telangiectasia? Te las recomiendo, son muy buenas.

Mi tío Iván, el dermatólogo, el que se especializó en la Argentina, recetaba una pomadita de cera de abeja incolora, inodora. Pero con tal convicción que:

—A la salida le paga a la señorita dos pesos.

Dos nada más, era un santo. Y un sabio. Sabía, aparte de las lenguas manidas, hebreo, sánscrito, hindi y esperanto, y estaba aprendiendo chino y volapuk cuando se dejó morir. Primero dejó morir a la abuela (su mamá); después a Elenita (su tía); después se dejó morir él de diabetes, que es una enfermedad tan boba, tan insípida, tan sin chiste para un médico tan inteligente como él. Murió así:

Estaba yo recostado con Liíta en su cama charlando con ella uno de esos días en que no se levantaba porque amanecía con la "adinamia", enterándome de los sucesos de Medellín y mi casa en los últimos años, quince o veinte, los de mi última ausencia. Quién se murió, quién se empobreció, quién se casó, quién enviudó, quién nació, llenándome el inmenso bache de mi ignorancia con esas pequeñas verdades eternas. Que fulanita (y no digo nombres porque a los calificativos que le dicté a Peñaranda para este libro, y que me pueden endilgar como sambenitos, les quiero agregar otros tres: delicado, prudente y discreto) que fulanita dejó al marido y a los tres niños, y se largó a Nueva York y se volvió puta. Que el curita tal de Envigado, ¿si te acordás?, que parecía tan bueno, colgó la sotana y se fue a vivir con una sinvergüenza. Que al papá de mi cuñada lo operaron de una desviación de la columna y se les fue la mano en la anestesia y lo dejaron descerebrado. Ni ve, ni oye, ni entiende. Lleva cinco años en cama hecho un ente. Como que la familia lo piensa desconectar en un descuido… Que a zutanita la vecina de la casa de la calle del Perú del barrio de Boston donde yo nací y que todavía allí sigue viviendo, el hijo menor (que ya tiene como veintitrés años) se le cayó borracho de un tercer piso, se quebró todo y quedó paralítico. Consiguieron la silla de ruedas en una colecta pública (no tienen ni en qué caer muertos). Que a menganito le pusieron marcapasos, se le murió la mujer, y con la operación y la tristeza está totalmente renovado (tuvieron como quince hijos). Que el marido de mi prima se metió a la mafia a transportar coca y está riquísimo, millonario.

—¿Y ella?

—A ella la dejó. Está en la miseria.

Que al doctor perencejo, que fue compañero de tu papá en el Senado, lo secuestraron, y el año pasado ya le habían matado a un hijo y la mujer como que se le fue con otro. A doña perenganita de Envigado, ¿sí te acordás?, la que vendía morcilla en la plaza, le robaron la casita. Toda. Las tejas, los muros, las baldosas, las rejas. No le dejaron para sentarse a llorar ni la taza del inodoro. Aquí el que se descuida… Que el vecino de al lado se suicidó. Parece que bebía mucho. Y jugaba. Lo encontraron colgado del tubo del baño con una soga. Dejó una nota: "Ái les dejo la hipoteca, hijuetantas". A don menganito, el que tenía finca en Sabaneta, también lo secuestraron. Tuvieron que vender el carro, la casa y la finquita. Ya le habían cortado tres dedos, y decían que si no pagaban lo iban a seguir mandando por correo en pedacitos. La estatua del parque de Boston, tan bonita, la volaron con una bomba. Aquí otra, la que explotó en la telefónica, nos quebró todos los vidrios de la casa, y fue tanta la fuerza de la explosión, que nos arrancó la puerta de la calle de los goznes del cimbronazo.

—¿Y por qué nunca me lo contaste en tus cartas?

—¡Para qué!

Que tampoco me había contado cuando los bajaron encañonados del jeep al abrir el garaje y se lo robaron. A tu papá se lo llevaron dos cuadras y lo dejaron en la Avenida Jardín. Pensamos que era secuestro. De la impresión se le reventó la úlcera y casi se desangra. Lo tuvimos que hospitalizar y estuvo muy grave… A los no sé cuántos de no sé dónde los estafaron y les robaron todos los ahorritos de veinte años con que pensaban comprar casa. Una de esas Corporaciones de Vivienda… Aquí un diciembre en que estábamos de vacaciones en la finca, vinieron con una nota dizque firmada por tu papá, y el celador les entregó los dos televisores y los equipos de sonido. Un poco más y se roban también el piano.

—¿Y el otro celador? ¿Al que le dieron el martillazo?

Sigue mal, mi papá a veces les ayuda.

—Pero esto va de mal en peor…

Sí, aquí vivimos muy bueno. Y los vecinos de enfrente se fueron también a la finca a pasar Nochebuena y dejaron la casa con el celador. Y el celador, de desocupado, se puso a esculcar aquí y allá, a revisar, y les encontró los dolaritos guardados en el techo disimulados en un paquetico debajo de unas tejas. ¡Y hasta el sol de hoy! Nunca jamás lo volvieron a ver. Parece que se fue a Nueva York.

—¿Y por qué no guardaron los dólares en una caja fuerte?

—Se roban la caja fuerte. Por eso la de aquí la vendimos. Además, la obligan a abrirla a una, y como a mí se me olvida la clave, me matan.

—¿Y en el banco?

—Se los roba el gobierno.

Que perenganito dejó a su mujer después de cuarenta y cinco años de casados, doce hijos y no sé cuántos nietos, y se arrejuntó con una de veinte, una sinvergüenza de Santander que conoció en el avión.

—Entonces Liíta aquí por lo visto se acabó el matrimonio. Los únicos que siguen juntos son papi y vos. ¿Y no se cansan?

—¡Y qué! ¡A estas alturas qué le vamos a hacer! Ya poco más nos falta…

Ah, y que al hijo de fulanita lo atracaron, y como no tenía nada qué robarle le preguntaron qué prefería, si una puñalada o un pellizquito. Y él, claro, escogió el pellizco: se lo dieron con unos alicates y le arrancaron el pedazo. Entonces irrumpió mi hermano Manuel en el cuarto y le dio la noticia:

—Que se murió tu hermano.

—¡Cuál! —pregunta Liíta lívida (tiene tres, o mejor dicho tenía).

—Iván.

—Eh carajo, qué forma es ésa de dar esa noticia, sin preparar a una… Ya me dio la palpitación.

Y rompió a llorar. Lloró como un minuto. Y después lo de siempre, lo que dice siempre, lo de las otras veces en que nos hemos ido muriendo todos:

—¡Y yo para qué lloro si me duele la cabeza!

Paso a paso, en silencio, cabizbajos, seguimos el ataúd hasta la base de la colinita. Allí se quedaron todos, esperando. Menos Gonzalo y yo que seguimos tras los sepultureros. Gonzalo, mi primo, al que de niño le decíamos "la Mayiya"… En lo alto de la colinita esperaba el hueco abierto. Repartieron las coronas de flores por los bordes, bajaron el ataúd con las piolas, y le empezaron a echar las paletadas de tierra. Un grupo de hombres y mujeres del pueblo cerca a las coronas viéndonos, a Gonzalo y a mí. "La Mayiya…" Y lo recordé de niño, en los corredores de la finca Santa Anita cuando todavía sobre su vida y la mía soplaba la brisa. "¡Mayiya brava!" le decíamos y le acometía la furia, y el niño de cuatro o cinco años emprendía una veloz carrera y en el corredor delantero, cerca a la maceta de un geranio o de una azalea, empezaba su redoble, a darse cabezazos contra el suelo. ¡Pum! ¡Pum! ¡Pum! y retumbaba el globo terráqueo y nosotros nos cagábamos de risa. La misma furia mía cuando tenía esos años, los mismos cabezazos que me daba en el patio de la casa de la calle de Ricaurte porque el mundo no hacía mi voluntad. Como si de primo en primo la iracundia se heredara. ¡Pum! ¡Pum! ¡Pum! Y temblaba en Armenia, en Sonsón y en Nueva York, y a la tierra le salían unas cuarteaduras de vieja. Y claro, creció torcido y resultó más malo que el diablo y le dio por las gallinas, las mujeres, que no ponen, y la marihuana, la marihuana, la marihuana y a no estudiar, no trabajar, y a su papá, el pobre Iván, le hizo sufrir la pena amarga. Y ahora verlo ahí, al pie de esa tumba, el niño hecho un hombre, un fracaso, deshecho en llanto, sin poder con el remordimiento ni las paletadas inexorables. Acabaron de llenar el hueco. Abajo la familia y la parentela ya se dispersaba. Arriba ya se marchaban los sepultureros. Ya nos quedábamos solos Gonzalo y yo, unidos por el mismo dolor, separados por la misma vida y sin una sola palabra qué decirnos, en medio de esos espectadores desconocidos viéndonos, en torno al hueco. ¿Qué nos verán? ¿Qué esperarán? Poco a poco, paso a paso, las cabezas agachadas, sin darnos cuenta, emprendimos Gonzalo y yo el descenso, sintiendo yo sobre nosotros las miradas. Luego no las sentí más. Entonces, aun a sabiendas del riesgo que se corre en estos casos si se mira atrás de convertirse uno en una estatua de sal, levanté la cabeza y volví hacia arriba, a la colina, la mirada, y vi a los hombres y las mujeres del pueblo precipitarse sobre las coronas de flores para arrancarles los núcleos metálicos. Claro, para después venderlos… Colombia hijueputa se robaba hasta las coronas de los muertos.

Y cuando no están en torno de una fosa como chacales a ver qué se llevan, o jugando fútbol, esperan rascándose la panza a que trabajen los ricos para ellos y el gobierno les indemnice el hambre y les hagan la revolución sentados en su salvohonor ("culo o asentaderas de los racionales", Real Academia). Colombia mezquina y haragana, haragana y pobretona, pobretona y más ladrona que el Brasil donde también he estado, en Bahía, lloviéndome a pedradas un aguacero. ¡Qué aguacero! Me metí a escamparme emparamado debajo de un alerito a decirme que en definitiva era lo mejor de ese país color de guacamaya y más alharaquiento que una gallina saraviada acabando de poner. Y qué de prostitutas y de prostitutos que me saboreo, pero muy ladrones, sin el más mínimo profesionalismo, robando, atracando, tracaleando que es para lo que no se les quiere. La profesión en sí es buena, una de las obras de misericordia que son catorce, siete corporales y siete espirituales. Dar de comer al hambriento, dar de beber al sediento… ¿Y si se dejan morir de hambre y de sed no es mejor, no sufren menos? Dar posada al peregrino joven y apetecible y corregir al que yerra con un fuete. ¿Y atender a la mujer del prójimo, padre Vanegas, también se considera obra de misericordia? ¿O es más bien uno de los diez mandamientos? ¿Y por qué diez y no once? ¿Y por qué las once mil vírgenes y no las doce mil? ¿Las doce mil ciento treinta? Y los diablos, ¿cuántos son ustedes? Esta gratuidad en las cifras es la que me saca de quicio. Pues le decía, padre Benegas, que un aguacero en Bahía casi me descalabra. ¿Pero aguaceritos a mí? ¿A mí padre Vanegas? ¿A mí que me persiguen los siete pecados capitales y me acuesto con las tres virtudes teologales y una a una, por turno, las estupro?

He padecido también el tedio de la pampa, visto focas y acariciado canguros. He cruzado el desierto de la Bahira camino en tren a Marrakesh a montar en camello, desde cuyas eminencias se ve la realidad muy distinto. Y he manejado a doscientos treinta por hora por la carretera de México a Querétaro calculándole la altura a la bóveda celeste comparada con la catedral de Medellín. ¡Dónde no he estado! Brujo como soy, correcaminos, viajero de los cinco continentes y las islas griegas, una cosa sí le puedo asegurar padre Benegas (o Vanegas, ¿cómo es que se llama usted?), que el trabajo que hizo Dios con este mundo le quedó muy chambón. Le toca ahora a la ciencia enmendarle la plana. Cruzar, por ejemplo, en genética, un japonés con un negro africano, a ver si a éstos se les disminuye la pereza y a aquéllos les crece el pipí. ¿Que es blasfemia? ¡Dios libre y guarde! Es simple constatación de los hechos. Soy entomólogo desde mi tierna infancia. De niño me emborrachaba siguiendo filas de hormigas.

¡Y ojo al Japón! Cuando el Japón levante la cabeza y saque la lengua el dragón… No quisiera estar vivo yo ese día, que me agarre bajo tierra. Porque van a ver entonces lo que son crueldades y lindezas. Tres virtudes teologales, cuatro virtudes cardinales, y una naranja ombligona para el que adivine quién soy.

La fe la perdí hace mucho, la caridad nunca la he ejercido, y la esperanza se me ha ido esfumando, esfumando, día con día, de a poquito. Ya sé que no filmaré jamás otra película; que no atenderé jamás otro paciente insano; que no instalaré el Studebaker en el centro de mi cuarto; que no alumbraré con sus faros las copas de los árboles; que no saldrán en estampida los pajarracos; que me iré sin saber de sus conciliábulos nocturnos, lo que andaban hablando de mí… No, mi querido capitán, lo vivido vivido está, o sea muerto. Este negocio se acabó. Menos mal que lo que empieza tan pobremente en la oscuridad de una vagina por lo menos acaba bien, en el festín de los gusanos. ¡Ecole! "El Festín de los Gusanos": anota, Peñaranda, entre comillas, el título de este libro.

Pero descansemos un ratico de "El Festín de los Gusanos" y trabajémosle a mi "Enciclopedia de las Hazañas de la Muerte", o vida y milagros de mi comadre, que me respeta. Ramón López Velarde, el poeta menos malo que ha tenido México, salió de su casa con aguacero.

—No salgas así en camisa, Ramoncito —le advirtieron—, que te puede dar pulmonía, ponte aunque sea un saco.

—A mí la lluvia me hace los mandados —dijo el poeta.

Y la lluvia, ofendida, fue y se lo contó a la Muerte que, enojada, le dio el parcazo: lo mató de pulmonía.

Don Vicente Miranda, inventor del caldo tlalpeño y fundador de El Retiro, el cabaret más elegante que tuvo México, murió de un infarto de esfuerzo: fue a darle el pésame por la muerte de don Pedro Corcuera a su hermano, que vivía en el decimoquinto piso de un edificio de quince en Reforma y Bucareli: encontró descompuesto el elevador y empezó a subir por la escalera; no llegó, lo bajaron muerto. Moraleja: No hay que dar pésames. Que los muertos entierren a sus muertos.

Don Eduardo Santaella, crítico teatral muy querido y estimado aquí en México, era asmático y gastaba mucho en Ventolín. La parienta con que vivía, una prima avara, decidió guardarle el Ventolín en un armario bajo llave para ayudarle a economizar gasolina: mientras encontraban la llave murió asfixiado.

El doctor Samuel Inclán cayó asesinado por un militar de la Revolución en plena operación de amigdalectomía de un hijito de éste. De condescendiente, pues eso no se estila, el médico le permitió al militar que estuviera presente, y durante la intervención al niño se le bajó la presión por pérdida de sangre.

—Rápido, rápido —pidió el doctor—, una transfusión o el niño se nos va.

El militar entendió mal, "que se nos va" era que ya se había ido, sacó el revólver y mató al doctor. La viuda del interfecto, que también era médica y le estaba ayudando, con el cadáver de su marido en el suelo calientito terminó la operación y el niño se salvó. Conclusión: aparte de irresponsables y ladrones, los médicos son pendejos.

La señora Tatiana Marchand, esposa de René Marchand el profesor de literatura comparada ruso-francesa, amigo de Henri Troyat y de Ataturk, con retrato dedicado de Tolstoi, se fue de fin de año a Cuautla al cine y quiso ir al baño; los baños estaban detrás de la pantalla en un tapanquito, pero ella encandilada en vez de subir bajó, salió a la repisita del escenario y cayó: contra una butaca de la primera fila se rompió el cráneo. Dicen que los dólares que llevaba escondidos en la faja se los robaron. ¿Y cómo supieron que llevaba dólares escondidos en la faja y que se los robaron? Ah, eso sí no sé, yo no fui.

Doña Juanita la dueña de la tienda de abarrotes La Latinoamericana, en Reforma 77, se mandó hacer una mansión en Oviedo, España, para retirarse en su vejez. Cada año viajaba desde México a España a ver cómo iba la construcción.

—Avanzando, doña Juanita, avanzando.

Como al décimo viaje, a los diez años, encontró la construcción terminada.

—¡Qué coincidencia, doña Juanita! Llega esta vez justo en el momento en que acabamos de terminar. Le acabamos de poner el barandal a la terraza, que era lo último que faltaba.

Fue a inspeccionar, se acodó en el barandal, y con todo y barandal fresco se fue de bruces y cayó: contra una piedra roma se partió el cráneo.

Y otra muerte igual pero distinta. El torero Antonio Velázquez, con domicilio en la calle Mariano Escobedo, mostrándoles a unos periodistas su casa perdió el paso, se fue por sobre el barandal de la terraza y cayó. Su orgullo, aparte de su casa, era exhibir una cornada que le había entrado por el gaznate y partido la lengua en dos, y que lo había dejado hablando como vieja tartamuda, a lo Octavio Paz. Pero el torero Velázquez no cayó en piedra roma: cayó sobre una lanza de una reja que le entró por el gaznate y le volvió a rajar la lengua, justo por donde antaño, en la cornada famosa, le había entrado el pitón. Esta vez quedó tieso y mudo. En lo cual difiere este caso del de Octavio Paz, que la otra noche salió hablando en la televisión pese a llevar ya diez años de muerto: era un programa viejo grabado, un refrito. Y a propósito, padre Vanegas, ¿ha dicho alguna vez la Iglesia que no se deben matar los toritos? ¿Verdad que no? Hacen mal. Mejor que ya dejen en paz a la mujer del prójimo… Y Cristo ¿comía, o no comía? Y si comía ¿qué comía? ¿Pan y pez? Si comía pez era carnívoro, y un señor tan poderoso, el Hijo de Dios Padre ¿y comiéndose los pececitos? No puede ser, padre Vanegas, dígame qué comía.

—¡Qué sé yo! Comería entonces pan y una que otra semillita...

Entonces era macrobiótico.

El torero Luis Freg, con sesenta y cuatro cornadas (una de ellas en Barcelona, en la cual el toro lo mandó por sobre la barrera) se retrataba desnudo para exhibirlas orgulloso. De excursión por la bahía de Campeche, frente a Ciudad del Carmen, se hundió su lancha y se lo comieron los tiburones. Que un tiburón se coma a un bañista turista, vaya y pase. ¿Pero a un torero con sesenta y cuatro cornadas? Esto ya empieza a salirse del orden establecido, de lo normal, como si la realidad, desesperada de tanto girar y girar sobre sí misma y en movimiento perpetuo de traslación en torno al sol, se diera a arrancarse los pelos y a hacer atrocidades. Por este camino, el día menos pensado se comen los tiburones al Papa. Ese día sí se van a dar estos avorazados —y perdón por la impropiedad de la expresión pero no encuentro otra— su bucato di cardinale. Y hablando de cardenales: el cardenal Concha Córdoba de Colombia (que era la sensación en Argentina porque allá "concha" es vagina, y cómo podía estar de loco mi país que teníamos una vagina pontificable) murió en la cama. Pero en la cama del general Uribe Uribe que había muerto de un hachazo. Y el padrecito Gómez Plata murió con una espina atrancada por ejercer la profesión: porque por guardar la vigilia comió pescado. Yo me curo esos días en salud y como carne de cerdo. Y a mi amigo Juacho Bernal, embajador que fuera en Etiopía, el Congo, Somalia, Gambia y Zambia, lo trasladaron a la República Dominicana. Partió feliz el pobrecito saboreándose el banquete que se iba a dar de negros y mariscos. Llegando llegando a Santo Domingo, al salir del aeropuerto se metió al primer restaurante que encontró y ordenó una "zarzuela" de los susodichos, que lleva: camarón, mejillón, ostión, caracol, calamar, langosta, pulpo, tortuga y jaiba: se intoxicó y murió. Era todo un San Pedro Claver amante de los negros. Pero por donde más pecó fue por la lengua, que tenía como un carrete de hilo loco soltando hilo sin importarle después los enredos. ¡Qué no dijo! ¡De quién no dijo! Era como tú, Peñaranda, que todo lo que te cuento aquí entre nos lo reproduces como altoparlante a los cuatro vientos. ¿Que quite mejor este caso? ¿Que hay que respetar a los muertos? Si no lo irrespeto, lo emulo: emulo a mi maestro. La Muerte es la que no respeta a los vivos. Que descanse en todo caso en paz, si es que paz puede haber en el séptimo círculo, o en el que le hayan asignado especial para él solo. ¿Le estarán estirando la lengua con pinzas candentes?

Mi otro amigo de la diplomacia mexicana fue Constantino Grajales "Conny", agregado cultural en la India, "attaché". "Tacto y discreción caracterízanle", dice de él él mismo en los currículums que reparte. Va, viene, baja, sube, dice, se desdice. Se trepa a los candiles y se columpia como un chango sobre la hipocresía oficial. ¿Y que cómo no lo han corrido? Será porque hasta ahora no se le ha desprendido ningún candil. Cuando baja del candil y ya te tiene confianza, como prueba máxima de amistad se baja los calzones y te muestra las nalgas. Escoge para ello las ocasiones más propicias; por ejemplo, una recepción en la Embajada de la India con diplomáticos y artistas en un descuido de los comensales.

—Súbete esos pantalones Conny, no seas payaso que éste es un libro serio. Además, te está viendo por el espejo Cordelia Urueta.

Se los sube y se va en carrera al Consejo Nacional de la Cultura y las Artes o "Conaculta", del cual es miembro en sus interregnos diplomáticos aquí en México, a hablar, a decir, a exponer, proponer, sustentar sus tesis. Se excusa porque tiene una reunión urgente en "Relaciones" (la Cancillería, de la cual depende su destino), pero se ve obligado a regresar de sopetón porque olvidó el portafolios. Entonces escucha que están comentando:

—¡Qué jotito tan chistoso!

Joto es puto, puto es marica, y marica es él. Otras veces le acometen impromptus y declara:

—Estaban hablando de un putito: de mí.

Y se señala el pecho con el índice. O sea, se señalaba, ya no más, estaba hablando en presente histórico, ya murió. Murió en Rusia recién nombrado primer secretario o consejero, acabando de llegar. En pleno invierno dostoievskiano, bajo una nevada, con ese sentido de oportunidad tan suyo les mostró las nalgas a unos rusos que acababa de conocer y le simpatizaron: se le congelaron. Murió con el culo necrosado. ¿Se lo estarán descongelando en los infiernos con pañitos de agua caliente? ¿O en un caldero de azufre hirviendo? A no insistir más Peñaranda en ese asunto de la impenitencia final que me pone muy nervioso.

Y hablando de culos y otras verdades. Mi amigo Tuno Álzaga Unsué, de las mejores familias de Buenos Aires (como los Alvéar, o casi), tenía verdadera fascinación por esa parte de los racionales, máxime si era de "chongo" o gandul de la calle. Tenía también, para acolitarle su obsesión, una criada vieja, Alejandra, y un telescopio permanentemente enfocado hacia abajo, hacia la elegante calle de Arroyo en que él vivía y que se dominaba desde su piso alto. De cuando en cuando, Alejandra interrumpía sus quehaceres, y haciendo a un lado la plancha o la escoba echaba un vistazo por el telescopio. Y de repente llamaba sobresaltada:

—¡Corré, Tunito, corré, mirá ese culito que va cruzando la calle!

Y el haragán de cincuenta o sesenta años corría a mirar desesperado. Luego, en reciprocidad, le decía:

—Alejandra: cuando tengás ganas de echarte un par de pedos aquí en la sala, bien podés.

Los aristócratas argentinos son así, muy sueltos de la lengua y el trasero. Son tan, tan, tan aristócratas, que todo les queda bien. Para Tunito, por ejemplo, la única actriz que existía era Greta Garbo; el general San Martín era todo un caballero, y Bolívar un "guarango", o sea un malcriado. A mí me tomó aprecio cuando supo que usaba seda dental, como él. Se teñía el pelo color de zanahoria, pero haciendo abstracción de eso, haga de cuenta usted Fernando Séptimo o cualquier Borbón tarado. Usaba medias largas negras rodilleras, y viajó por primera vez a Europa a los cincuenta y cinco años: de España se trajo un chongo español nalgón. Le iba recogiendo las eyaculaciones en una hoja de periódico para que si el otro algún día lo dejaba y le decía puto, él pudiera mostrarle el pergamino y contestarle: "Puto vos, bien que gozaste". Les hacía la vida imposible. La relación con Alejandra se terminó el día en que otro chongo, argentino, se la hizo despedir. Pudo más cualquier culo callejero de esos que la tierra produce que esa maravilla de criada, y la simbiosis ejemplar se fue al traste (este chongo después le quemó la casa). Pero las hazañas de Tunito merecen libro aparte, su hagiografía, de la cual les anticipo un episodio a manera de avance o trailer para que no se pierdan la película: A su mamá, con la que andaba enojado y a la que no le pasaba al teléfono desde hacía semanas, se la encontró en una velada aristocrática. Como saludo, delante de todos le dijo, mirando al aire:

—Hubiera preferido mil veces haber nacido del culo de mi padre que de la concha de mi madre.

Y la mamá contestó:

—Tunito, sos un guarango.

Tunito murió en su cama: asfixiado: el chongo de turno con una de sus medias largas lo asfixió. ¿Qué le habrá dicho ese insensato al pobre chongo? ¡Lo que daría por saberlo! Rastreador de fantasmas, ¿no sería capaz de volver a Buenos Aires y darle una coima al juez para que me permita revisar el sumario? Diez años perseguí al fantasma de Barba Jacob, y cuando por fin lo apresé, lo exprimí en una secadora de rodillos de ropa hasta la última gota. ¿Que no se puede exprimir un fantasma? No podrá usted, yo sí. Yo primero agarro a las metáforas por los pelos; acto seguido las lanzo y las estrello contra las paredes. ¿Metaforitas a mí?

¿Que cuanto hace? Cincuenta años, padrecito, si no es que más, si no es que menos, desde que perdí la fe, que hoy recobro con la esperanza. Hoy, cuando al cabo de las décadas vuelvo a esta iglesita amada del Sufragio, de ladrillitos rojos marchitos por el tiempo, donde me bautizaron (ahí en la pila bautismal que linda con el altar de Don Bosco), a arrodillarme otra vez como cuando era niño ante el confesonario a decir Mea culpa y a pedir perdón. ¿Que mis pecados? Todos. Usted póngales nombre. Soy un desafío viviente a la misericordia de Dios. ¿Que si me arrepiento? Claro que me arrepiento. Y no sólo me arrepiento por lo pasado, sino por lo por venir, como el crimen que pienso cometer hoy, andando la mañana. ¿A quién, cómo, por qué, por qué tanta amargura? Día a día, de arenita en arenita como se suman las playas del mar inmenso, se me ha ido envenenando con el tiempo el corazón, y hoy quiero matar. Con este cuchillo que traigo en la bolsa, que afilo con amor cada mañana. Con él amanezco, con él anochezco y no me desampara ni de noche ni de día. Con él. Hoy. Aquí. Ahora. A un salesiano. A usted.

Dicen que dejó la iglesita con el mismo paso firme y seguro con que había llegado, con que entraba y salía desde niño como Pedro por su casa. Y que se fue alejando, alejando, con la palpitación de su corazón tranquila, con su sangre de pescado. Dicen, dicen, ¿pero cómo lo pudieron saber, quién lo vio, quién sintió lo que él sintió? Brujita: Que el mundo se vaya acostumbrando a oírme hablar contigo por la calle como se acostumbraron al teléfono y a la televisión. Y a mi inmenso amor por ti, el más puro, el más noble, no el de Romeo por la putita de Julieta mancillada de esperma vil. "El perro es un santo", dijo el doctor Munthe, otro santo, en su "Historia de San Michele". ¡Y venirte a cerrar a ti las puertas de las iglesias! Pues también a mí. Acompáñame a la ceremonia de renegar, de todo, de todos, de mi condición humana.

Le arranqué el bisturí con ira y ante la clase atónita le increpé su infamia. ¡Conque era verdad, practicando la vivisección en una rana ante un pú-

blico de niñitos de diez o doce, excoprófilos! Llegué a tiempo de salvar a la inocente criaturita de
las garras de esa solterona asesina, maestra de bio-
logía de esos hijueputitas en el colegio Louis Pasteur. Louis Pasteur el monstruo, el que trepanaba
a los perros y les inoculaba en el cerebro el virus de
la rabia dizque para la gloria de Francia y salvar
humanos. Y dele con la gloria, qué manía, qué embeleco, qué obsesión por la que le dio a esa vieja
decrépita de Francia, siempre derrotada. Francia
es una pobre anciana tullida, indefensa, artrítica,
incapaz de cruzar sola una calle. Qué hace que tuvieron que ir los ingleses y los norteamericanos a
impedir que se la acabara de zampar Hitler. ¡La
"gloire"! ¿Y los humanos? ¿De qué los van a salvar si están condenados, si van con sus culos a la
nada? ¿Y hacer sufrir a un pobre animalito por tan
poca cosa? ¿A ti, mi niña? La humanidad entera
no vale un solo momento de dolor de un perro.
¿Y dónde estaba la Iglesia, la hipócrita, la alcahueta, para decir esta boca es mía cuando cometía el
infame sus infamias, para parar al asesino? ¡Cuándo acabaré este memorial de agravios! Me chanto
la treinta y ocho y hoy me cago en la vida de esta
vieja. ¿Que llevo tres? Cargo con cuatro. En la gratuidad de los números mi conciencia puede con
los que le pongan.

Sólo porque llegué a tiempo y encontré a la
rana viva, intacta, no pasé del tres al cuatro. Mea
culpa. Ya la tenía amarrada y crucificada como al
Maldito e iban a empezar a rajar.

—¡Hijos de su pelona! —les dije en mexicano para arrancar suavecito y poder ir in crescendo hacia el trémolo y redoble de timbales con golpes de platillo final.

Liberé a la ranita, me la guardé en el bolsillo, y exploté en mi iracundia:

—¿Y si con esta cuchillita me fuera a rajar y escarbar en las tripas de sus pelonas de donde todos ustedes salieron? Y que me entere otra vez solterona quedada de que has reincidido, y con este mismo bisturí, ojo por ojo te despanzurro los tuyos. Y si algún ocioso o desesperado te violare y te preñare, vengo y te destripo el feto y a la tumba de tu abuela le saco el esqueleto.

Oídos humanos jamás volverán a oír lo que le dije, sobre todo por el futuro de subjuntivo que hace tantísimo desapareció del idioma. Fue el momento estelar de mi vida. Y ésa la ranita que liberamos hace años en el parque, ¿sí te acuerdas, muchachita?

A basar el mundo carajo en una Ley de Protección a los Animales con pena de muerte para los humanos. Ley que no incluya por supuesto, como se podrán imaginar, no faltaba más, qué duda cabe, a López el perro ni sus "musiciens", ni sus lombrices intestinales, ni sus piojos, ni sus ladillas, ni sus garrapatas. Sólo animales superiores con sistema nervioso organizado que puedan sentir el dolor.

Con tanto que despotricó de la marihuana y Liíta vino a morir de drogadicción, atiborrada

de drogas: diuréticos, antidiuréticos, hipertenso-
res, hipotensores, tónicos y cardiotónicos y con-
tratónicos, antiácidos, antipiréticos, antiartríticos,
antiarrítmicos, antirreumáticos, anorexígenos, re-
vulsivos, descongestionantes, laxantes, narcóticos
con codeína, oxigenadores cerebrales, ahorradores
del potasio y despilfarradores de él. Los efectos in-
deseables de los unos los contrarrestaba con los efectos contraproducentes de los otros. Se hidrataba
con suero infantil Pedialyte para poderse deshidra-
tar a gusto con sus diuréticos. Al doctor Montoya
lo contrarrestaba con el doctor Ochoa, y al doctor
Ochoa con el doctor Zapata. Tenía fe grande en
los tres y confianza en ninguno, pero a uno y otro
y otro por igual los iba a enloquecer a todos.

—¡Doctor! —llamaba por teléfono al doctor Ochoa a la una de la madrugada—. Y si en vez
de las tres pastillitas del Corgaretic diarias que usted me mandó ¿me tomo cuatro? ¿O mejor las re-
duzco a dos?

—Sí —contestaba el comemierda y le colgaba.

—¿Sí qué? —nos preguntaba después Lií-
ta—. Sí son dos, o sí son tres, ¿o cuatro? Eh, estos
médicos sí que son odiosos. ¡Repelentes!

Era la venganza viva de Molière. ¿Pero qué
le hicimos nosotros? Amanecía y:

—¡Rápido, rápido, tráiganme el Corpotasín
que se me bajó el potasio! Y de paso un juguito de
naranja y un sorbete de plátano.

Se había instalado en el piso alto de la casa a mandar, y llevaba ya diez años instalada mandando, sin sirvienta que le durara. Era tal ir y venir y subir y bajar de platos y vasos y tazas que hasta el propio santo Job hubiera desertado. Mi pobre padre no, ¡y aún no lo canonizan!

—¡Hoy no me tomé el Corgaretic! —gritaba como a las once de la noche o de la mañana—. Corran a la farmacia por él y de paso me compran una caja de Corybán y un frasco de Cyclomandol y cuando suban, para que no tengan que volver a subir y volver a bajar, me traen un café con leche para tomármelos.

De los antiartríticos y antirreumáticos le encantaba el Voltarén, y el Ventilán era su broncodilatador preferido. Para su motilidad gastrointestinal nada como el Digesán, y el Dantrolox para estimularle el peristaltismo. ¿Antidepresivos, psicotrópicos y ataráxicos? Los que usted quiera, le fascinaban. Usaba el Alfagán, un derivado del opio, como espasmolítico; el Alivex era su revulsivo preferido, y el Robaxifén su relajante muscular impostergable. Cardiovasculares ni se diga, menciónenme alguno a ver si no, más tiroideos y antitiroideos y antipiréticos varios. Usaba hasta el Minoxidil que es para calvos, para la "alopecia androgenética". "Ah, yo no sabía" fue lo que me contestó cuando se lo informé yo, su hijo, el psiquiatra, que al ser psiquiatra por derecho propio también es médico y si me preguntan receto. No le faltaba hepatoprotector en su botiquín, pero el amor de su vida, la droga de sus drogas era el Quinidín Durules que le tranquilizaba el corazón. De no saber uno que ese señor era un remedio del cual mantenía cajas y cajas en su closet, y de no conocerla, cualquier malpensado diría que era su amante. Don Quinidín Durules... Pero no.

El Quinidín Durules la mató: le puso a latir el corazón como disco de treinta y tres en setenta y ocho, a cantar en falsete: taquicardia, taquicardísima. Cuando abrí la carta de mi casa que me lo informaba y no vi su letra, sin haber leído siquiera una línea lo comprendí: Liíta murió. Que mandó llamar al cura, que se confesó, que comulgó, que esta vez por lo menos no regañó al padrecito como solía cuando le tocaba hacer cola ante los confesonarios atestados de Semana Santa para confesarse:

—Eh, no sean inconscientes, desconsiderados, si yo no estoy desocupada como ustedes, tengo doce hijos. ¡Atiéndanme rápido o me les voy en pecado mortal!

Hasta llegó a decirles "curas maricas".

Iba leyendo la carta consternado, negándome a creer, pugnando mi desesperación con la ira a ver cuál iba a estallar. ¡Cómo me pudiste hacer esto, Liíta, irte antes que yo! ¿Y qué voy a hacer ahora con mi vacío sin tu locura? ¡Malditas madres! Primero lo encartan a uno con la existencia y después se mueren, sumándole así a la carga que no pedimos el peso de un dolor que tampoco. ¡Malditas madres! Una madre tiene que morir después que el hijo que parió para que sufra, para que pague, así sólo sea en una diezmillonésima parte, el pecado impagable que cometió. Lo contrario es dejarlas ir en la impunidad de los presidentes mexicanos, como a cualquier López el perro. ¡Malditas madres! ¡Maldita la terquedad en seguir perpetuando esta fuerza ciega que viene del lodo de la nada y va hacia ninguna parte, esta catástrofe, esta infamia, este desastre! ¿Quién las mandó? ¿Quién se lo pidió? Abogado del derecho a no existir, enemigo empozoñado de las papisas vaticanas y la cópula que pregonan, una sola cosa tengo que decir llegado a este punto para acabar este asunto: por cuarta y última vez: ¡Malditas madres!

Y cuando la avalancha de llanto amagaba con venírseme encima, con despeñarme, me eché a reír. De súbito me acordé de Liíta en todos los entierros: "¡Y yo para qué lloro si me duele la cabeza!" Entonces comprendí que lo decía no tanto por no llorar como para que la oyéramos los animales de sus hijos y fuéramos entendiendo cómo funciona este negocio, de suerte que cuando ella tomara a su vez el camino del abuelo, de la abuela, de Elenita, de los otros, el camino más trivial, el más trillado, del que por fortuna no se escaparán papas ni presidentes-perros, le aplicáramos su política: "¡Y yo para qué lloro si me duele la cabeza!" ¿Qué te puedo prometer entonces ahora Liíta sino que no te voy a traicionar tus deseos? Ni una lágrima.

¡Al diablo lágrimas mariconas! Y me fui al parque a la cura del agua, a reírme de la fuente y su estúpido chorro que sube para caer, para volver a subir para volver a caer… La roca de Sísifo.

Entre risa y risa me acordé ese día, por asociación de rabias, de la tempestad de ira que me desató mi amigo Wilberto Cantón cuando tuvo la ocurrencia de morirse sin alcanzar a ver mi primer película, que ya casisito terminaba. De un tumor en el cerebro, en la operación, piró… Lo entendí pero jamás se lo perdoné. ¿Entonces para qué la filmé? ¿Fue una hoguera necia sin a quién calentar, un fogón sin olla que cocinar?

Siempre pensé que el dolor más grande que me pudiera deparar la vida iba a ser la muerte de mi abuela, puesto que era ella a quien más quería. No hubo tal, y lo puedo decir ahora mirando las cosas con perspectiva, encaramado en la atalaya del presente. La muerte de Liíta me pesó más, y más aún, si cabe, la muerte de mi hermano Silvio. Silvio, mi pobre hermano… No sé el día, no sé el mes, no sé el año, están demasiado extraviados en una bruma de desesperanza. Como las otras, su muerte me llegó también por carta, una carta grande, abultada, que todos me escribían, que presagiaba inmensas dichas y que me traía mi más grande dolor. Fui leyendo la carta sobrecogedora sin entender nada. Yo nunca por lo demás he entendido nada de nada. Ni la llama de la vela ni la burla del espejo. ¡Qué voy a entender entonces de estas otras cosas!… Entró al cuarto de mis padres, sacó el revólver del closet (del closet que en adelante Liíta habría de atiborrar de remedios), tomó un taxi y arriba, por la carreterita entonces nueva de El Retiro desde la que yo no mucho antes, cuando la construían, divisaba entero a Medellín, mi Medellín, cuando era mío, en una curva cualquiera, en un mirador cualquiera, se disparó en la cabeza. Silvio había asumido mi destino. Con una incomprensible variación, empero: ¿por qué en la cabeza? Para eso está el corazón. Dios lo acorraló, Dios lo mató. No existe el libre albedrío. Dios guió su mano, Dios jaló el gatillo. Somos unos payasitos de cuerda, peleles al arbitrio de Dios el Monstruo. Esta vez salí a la calle a maldecir, a maldecir de los árboles, a maldecir de los carros, a maldecir de la gente, a maldecir de los pájaros, a sentir como nunca más desde entonces lo he sentido, con tan desmesurada intensidad, el vértigo de la vomitiva existencia.

Si ineluctablemente no hubiera tenido que llegar hasta aquí, volver hasta aquí, hasta este instante, esta carta… Pero este libro atroz avanza retrocediendo, según leyes más compulsivas que la voluntad caprichosa de Dios. Aquí, en este mamotreto, no manda ese señor, mando yo. Ni una letra, por ejemplo, se sale, por mi voluntad soberana, de la caja del texto, del monstruo negro que palpita encerrado entre márgenes. Revíselo usted a ver si sí o no; es mi forma de orden en medio del desquiciamiento.

La luna caprichosa y burletera anda riéndose de mí esta noche en cuarto menguante, pero yo a mi vez me burlo de ella y con un espejo me la jalo, me rapto a la pizpireta, a la coqueta a trabajar, a que me ayude a salir de estos embrollos. Luna burlona, sinvergüenzona, que me ayudaste a escribir la página más temida, la más difícil de este libro y que gracias a ti resultó la más fácil, como un arroyito yéndose. Tú sí que eres buena para dictar, no como esta Bruja que ya está vieja. Mañana, si no llueve y estoy de humor, les cuento el final feliz de mi hermana Gloria.

El río del tiempo no desemboca en el mar de Manrique: desemboca en el efímero presente, en el aquí y ahora de esta línea que está corriendo, que usted está leyendo, y que tras sus ojos se está yendo conmigo hacia la nada. Pedro en su casa, Dios en su iglesia, y aquí su servidor que hoy le ha dado por negar la muerte y refutar el tiempo. Dueño yo de este libro ya que no de mi destino, mi hermana Gloria en realidad no ha muerto, aquí sigue viva en su muerte fantástica. Glorita murió tapada en la plata. Perdón por los regionalismos de Antioquia, sus arcaísmos que algún día, hacia atrás, hacia atrás, estuvieron vivos, ¡como yo! "Tapada en la plata" quiere decir en español internacional o volapük "con mucho dinero". Sólo que Glorita, extravagante como su mamá, entendió la expresión en sentido estricto, no figurado, y se encerró a morir en su mansión de plata. Vajillas de plata, charolas de plata, candelabros de plata. Lámparas de plata con pantallas de plata sobre mesas enchapadas en plata repletas de ceniceros de plata. ¿Las cerraduras de las puertas? De plata. ¿Sus goznes? De plata. ¿Las jaladeras? De plata. ¿Los zócalos de las paredes? De plata. ¿Las llaves de los baños? De plata. ¿La taza del inodoro? De plata. ¿La tapa del inodoro? De plata. ¿Los mecanismos del inodoro? De plata. ¿El respaldar de la cama? De plata. ¿Los marcos de los espejos? De plata. ¿Los de los cuadros? De plata. ¿Los mangos de las escobas? De plata. Veinte samovares de plata, teteras de plata, cafeteras de plata, paelleras de plata, cristicos de plata, santicos de plata, candiles de plata, jarrones de plata, floreros de plata, macetas de plata, apliques de plata, esquineros de plata, banquitos de plata, sillitas de plata, tabreticos de plata, cubiertos de plata, cajitas de plata, estuchitos de plata, bacinillas de plata, adornitos de plata, y un revólver de plata con balas de plata para zamparles las que les quepan a los que se atrevan a tocarle una sola cucharita de plata. Pero lo que más tenía era copas, una bañera llena, llena, llena de copas de plata, copas y copas y copas y copas de plata a más no poder ni imaginar. ¿Que la plata ya no vale? No valdrá para usted que debe de ser un pobretón sin una cucharita de plata ni una estera de paja en qué caer muerto. Además esa plata que se veía ahí, en la mansión de mi hermana de veinte cuartos, era la punta del iceberg, cuya masa propiamente dicha la constituían cuentas en Suiza, oro y diamantes. Tan, tan sólida era la fortuna de mi hermana Gloria que un terremoto se habría cansado de sacudirle su casa firme de plata sin hacerle una sola cuarteadura.

—¿Y cómo hiciste semejante dineral? —le pregunté con los ojos fuera de las órbitas.

Que prestando a interés sobre hipoteca. ¿Que no pagaban? "Venga para acá la casa" y mandaba su ejército de abogados y sicarios a cobrar y a embargar y a rematar.

—Deme dos mesesitos más de plazo, doña Glorita, que tengo doce hijos.

—¡Quién la mandó a tener tantos, irresponsable! Que le dé casita el Padre García Herreros.

Y los dejaba no digo sin casa: sin mesas para comer, ni camas para dormir, ni sillas para descansar de tanta pobreza.

Este padre García Herreros que mencionó Glorita es un curita loco que anda suelto en Colombia, al que le dio por "darles casita a los pobres" limosneándoles a los ricos. Pide aquí, pide allá, y con lo que recoge les construye sus casitas para que los haraganes se reproduzcan. Jamás ha querido entender que el pobre es un copulador nato, y que la pobreza se reproduce, no digo por división binaria como las bacterias, sino como las hifas de los hongos: una pareja de pobres en Colombia producen diez por lo bajito. Y así, con esta multiplicación más milagrosa que la de los panes y de los peces, en proporción geométrica, el día menos pensado el padre García Herreros tuvo, con la sola pareja inicial, otros cien mil pobres: cien mil para construirles su casita. Más los que le iban llegando de todos lados, de los cuatro puntos cardinales en las etéreas alas de la rosa de los vientos que difundían a lo ancho y a lo largo de Colombia su nombre y fama. "Vayan adonde ese santo a que les haga casa, no sean pendejos". Y el santo construía casas y casas y casas con sus comedorcitos e inodoritos y convocaba al "banquete del millón" cada año para reunir un millón entre los ricos, que salían en la televisión tomándose su consomecito de caldo Maggi. Después, con la devaluación del peso y su avorazamiento, les cobraba por entrar al banquete del millón un millón por cabeza, y lo hizo semestral y después bimensual hasta que logró lo que siempre se logra en estos casos, la fatiga de los donantes. Entonces recurrió a los traficantes de coca, a conmoverles el corazón. "Los ricos son los administradores de los bienes de Dios" es su tesis. ¿Hábrase visto mayor disparate? Los ricos son los ricos, y ya, y Dios hace más de un millón de años que no trabaja, desde que se sentó a descansar, a rascarse la panza y a que le recen. ¡Qué bienes va a tener entonces! ¿Y por qué los habría de tener? Así que un día le escribí una carta alabándole su obra pía, y poniéndole a su disposición mi inmensa fortuna amasada como la de los de arriba, por medios "non santos". Que una cosa, eso sí, le pedía: que se mantuviera como bajo secreto de confesión mi nombre, pues la caridad debe ser anónima y hacerse así: que tu mano derecha no sepa lo que dio la izquierda. Me contestó con una carta zalamera, avorazada, dándome entre elogios hiperbólicos a mi generosidad todas las seguridades de anonimato e indulgencia plenaria. Le mandé a vuelta de correo un cheque por una cifra estrafalaria firmado "Satanás", para que fuera a cobrarlo a los infiernos donde debería estar hace mucho después de los grandes males que le ha hecho a Colombia. Meter esos millones de dinero bueno de los ricos en la pobrería perversa ha sido echarlos en un hueco sin fondo: el pobre es la boca de nunca llenar, el culo de nunca parar. La única forma de acabar con este mal maldito de la pobreza es acabar con los pobres: rociarlos con Flit.

Iba el otro día por la calle con un amigo inconsciente, intrascendente, y nos tropezamos en la "banqueta" (que es como aquí se llama la acera) con una familia de inditos estorbando el paso: el indio, la india y tres o cuatro o cinco redrojos, tendiendo hacia nosotros sus manos limosneras. Yo les lancé una mirada de odio; mi amigo el atolondrado sacó y les dio una moneda, tras de lo cual lo tuve que amonestar así:

—Jamás vuelvas a hacer lo que hiciste porque: le das dinero al indio y come; come y agarra fuerzas; agarra fuerzas y se le para; se le para y se lo mete a la india; se lo mete a la india y la preña; la preña y le nace un hijo. El hijo nace, crece, se tropieza contigo en una esquina, te ve rico y él pobre, y saca un cuchillo y te mata. Jamás les des dinero a estos asquerosos; si acaso chocolatinas envenenadas.

¡Bienaventurados los ricos porque de ellos es el reino de esta tierra que es el único que existe! Que el cielo les toque enterito a los pobres, y a Sancho Panza su ínsula Barataria. Pero ¿por qué estoy hablando de esto? Ah sí, porque el padre García Herreros me hizo desviar de Glorita.

Glorita empezó a levantar cabeza el día en que se desencartó de su marido, un culibajito rabioso, aguardientoso, al que cada vez que se emborrachaba (tres veces por semana) se le salían los demonios interiores con una furia acumulada vaya Dios a saber desde cuántas generaciones. Y la santa aguantando, aguantando… Hasta que un día de esos que llaman en Antioquia "un buen día", que en realidad fue una buena noche, la última en que regresó al apartamentico del sexto piso el maldito a romper como estilaba las puertas a patadas, Glorita lo tomó suavemente con el pulgar y el índice del cuello de la camisa, lo llevó hasta la ventana, lo sacó por la ventana, y tras de suspenderlo en el aire un momentico (el aire jovial y complacido que se hallaba por casualidad debajo de los seis pisos), abrió simplemente los dedos y lo soltó, como quien suelta un trapo cagado o un espartillo. La ley de la gravedad ipso facto la dejó viuda. Cumplidas las diligencias de rigor del levantamiento del cadáver la autopsia dictaminó, correctísimamente, que había sido muerte por caída de un sexto piso embriagado. Siempre los borrachitos tienen la culpa de lo que les pasa. Siempre "se" caen, nunca "los" caen. Qué de besos no le di a esta autoviuda maravillosa cuando me enteré de que había salido de problemas, y qué consejos:

—Y al par de redrojos con que te encartó, a ese par de hijueputicas que son la quintaesencia de la fealdad humana, vacialos por el inodoro antes que crezcan y no quepan o te van a chupar la sangre y el tuétano.

Y cuando años después me la encontré nadando en la riqueza y me hacía el tour de su mansión de plata, algo similar le aconsejé para sus deudores morosos ante su bañera argéntica, prodigiosa:

—Y si no te pagan, mandalos escabechar. ¿A cuánto te saldrán por cabeza? ¿Una copa de ésas?

Que muchísimo menos, que por media le tostaban en ese país al que uno quisiera.

—Entonces, Glorita, ahí tenés en esa bañera con qué mandar matar a media Colombia.

Que por lo bajito.

No volvió a hacer caridad (tampoco es que hubiera hecho mucha antes), y su mansión inmensa la controlaba con cámaras ocultas de televisión desde un cuarto al que sólo ella tenía acceso. Su ejército de criados pensaba que era bruja y le tenían terror. Ni una sola cucharita de plata se le perdía a doña Glorita desde hacía años, desde que los primeros criados manilargos piraron por lo mismo. En esa casa sólo podían robar sus hijos y sus nietos.

—Miralos —me decía mostrándomelos desde el cuarto de control—, ¿ves la charola de plata que se están llevando? Pa comprar cocaína. No saben que los estoy viendo…

—Te lo dije, te lo dije hace años Glorita, y ahora mirá qué enanos panzones calvos. Es el problema de mezclar los genes buenos de uno con los del prójimo, nunca sabe uno qué huevo podrido le toca.

Pero la extravagancia de mi hermana Gloria era tanta como su riqueza, tanta como para poderse dejar robar de sus hijos y nietos. Murió de vieja, con vejez plácida; la encontraron una mañana tiesa, limpiando un gran jarrón de plata que tenía en la entrada, con un trapito de terciopelo en una mano y en la otra una cajita de Brasso. La mitad de su exorbitante herencia era para mí, su único hermano sobreviviente, pero sus dos engendros de hijos, los cocainómanos, me la robaron. ¡Qué más da! Total, a mí ya para lo que me falta…

Glorita, de esta familia nuestra en que todos resultamos unos pobres culiaguados vos fuiste la única verraca, capaz de acción. Quiero dedicarte en este punto dos recuerdos, que tienen que ver con hormigas: uno, cuando eras niña, niña como de cinco años en la casa de la calle del Perú de nuestro barrio de Boston donde nacimos todos, te sacaba al pradito de la calle, a la "manguita" que había entre la calle y la acera, con inmenso amor, a emborracharte conmigo siguiendo a las eternas hormiguitas de Plinio y Maeterlinck entrando y saliendo de su hormiguero. Dos, una tarde en que me dejaste cuidando a tus dos redrojos me los llevé a pasear, y en un lote enmalezado los paré en el centro de otro hormiguero. Y te juro que no los descalcé porque hormiguita en zapato pica mejor, con más verraquera. Cuando regresaste al anochecer los encontraste febriles, delirando, con ronchas por todos sus cuerpecitos hechos unos nazarenos.

—Es una alergia —te expliqué—. Quién sabe qué les habrás dado de comer.

Y te sugerí que les hicieras poner una inyección de ácido fórmico en la farmacia. Pero terca como siempre fuiste, como el abuelo, jamás hiciste caso de nada...

¿Son pájaros, u hojas que caen de los árboles? A ver doctor Barraquer dígame usted, usted que ve y opera. ¿O serán sombras de hojas que tumban los pájaros? Permítanme enfocar el catalejo... Porque evidentísimamente no son dedos, pues ¿cómo va a llover un árbol dedos? Salvo que fueran los dedos del viento... A ver viento zumbón que jugueteas en las ramas, pasa a mi piano y pruébanos que puedes tocar el "Gaspar de la Noche" como yo. Viento estúpido, sólo sabes pulsar hojitas de árboles, persianas polvosas y cortinitas de abalorios de burdel.

Con una mano más bendita que santa Lucía para rajar ojos, me operó en su clínica epónima el mismísimo doctor Barraquer, el taumaturgo, el sabio, el santo. Un ejército de oftalmólogos y optómetras lo acolitaban atendiéndolo a uno, y protegiéndolo de paso de la vista de uno, como si un pobre cieguito pudiera ver. E iba el cieguito, como pelota ciega de fútbol, de antesala en antesala y consultorio en consultorio y doctor en doctor subiendo y bajando pisos sin marcar jamás gol, sin verle jamás la cara al doctor, al doctor Barraquer quiero decir, al doctor por antonomasia, al verdadero, al único. ¿Ver al doctor Barraquer en su clínica? Era más fácil ver a Dios Padre que anda disuelto como el polvo en el aire, o "agarrarle el culo a la Virgen" como decía un amigo mío blasfemo y bellaco.

En uno de esos anchos pasillos habilitados de antesalas esperaba yo una tarde resignadamente, entre la ciegamenta, a que me hiciera pasar el doctor de turno, cuando de repente se desató un remolino por toda la pacientela, una especie de tornado o ciclón: "Ahí va, ahí va" decía y corría la voz, y todos los cegatones husmeaban tratando si no de ver de oler: era el doctor Barraquer que pasaba allá a lo lejos, saliendo de un elevador como una estrellita fugaz o un "streaker", uno de esos exhibicionistas traviesos que hace años cruzaban en pelota por los lugares públicos como una exhalación, con el pene al aire.

—¿Dónde, dónde? —pregunté.

—Allá, allá… Ya no alcanzó a ver.

¡Claro que no alcancé a ver! El día que vea al doctor Barraquer es que estoy curado. Y ése no fue precisamente la mañana en que me operó, pues un ciego anestesiado no puede ver; fue días después, cuando, ¡por fin!, me hizo pasar a su sancta-sanctórum, su consultorium, y me mostró la naranja que confundí con los tres dedos.

Y sin embargo manejo. Me paro en las esquinas, me bajo del carro, me trepo a un poste y de cerquita leo: "calle tal": aquí no es. Y vuelvo a subirme a mi carro a tomar el volante entre una tormenta de cláxones histéricos y mentadas de madre que les reboto por el retrovisor: es para lo único que lo uso pues desconfiado como soy por naturaleza (por mi naturaleza colombiana) no le creo, y prefiero girar la cabeza no sea que me esté engañando y diciendo: "No viene carro", siendo que viene un "truck".

Ya en carretera hago y deshago; manejo a ciento cuarenta, ciento sesenta, a lo que dé. De noche jamás cambio luces, voy siempre con las altas con las que veo mejor, y si me tratan de encandilar se joden porque cierro los ojos y me sigo con el impulso derechito, derechito… Por la autopista de México a Querétaro, mi preferida, me hundo en las más hondas meditaciones sobre la altura de la bóveda celeste comparada con el concepto infame de patria (sobre todo cuando la que a uno le tocó es Colombia la mezquina), cuento golondrinas en sus bandadas y desdoblándome me elevo tras el vuelo majestuoso de un zopilote. Jamás, eso sí, oigo música; me distrae de mi monólogo interior. E iba recordando aquella tarde por la susodicha carretera al doctor Barraquer y la operación que me hizo a ciegas, anestesiado, cuando ¡Pum! ¡Pum! ¡Pum!, estruendos en cadena como un rosario. Frenazos, encontronazos, chispazos, fogonazos, detonaciones, fulminaciones, carambolas, cabriolas: pasé entre fuego y polvo y humo y seguí incólume sin un raspón ni volver la vista atrás no me fuera a convertir en estatua de sal por curioso. Un largo tramo me siguió un como remordimiento o resplandor de incendio. Ya divisando el acueducto de Querétaro, a la cual nunca llego, me bajé en cualquier changarro a tomarme un tequila triple en vaso cervecero a la salud de los muertos. O sea, quiero decir, en su memoria. ¿Cuál sería el ciego hijueputa irresponsable que provocó semejante choque? ¿Siquiera habrá muerto? ¿O andará como el perro López impune? Y a cuanto policía extorsionador me la pide, le extiendo orgulloso mi licencia de conducir, con un billetito de veinte. Esta licencia inefable que me dieron de lo más fácil: me sé de memoria la tabla de letras de los optómetras. De tanto que me la han preguntado… La "E" de arriba la veo requetebién: hasta la veo doble…

Querétaro es un pueblo que se volvió ciudad, es cuanto sé de ese individuo, jamás lo he visto;

en el último retorno de la autopista, o divisando el viejo acueducto de las afueras, doy media vuelta y regreso. Sin otro objeto que el de transcurrir, mis viajes a Querétaro se agotan en sí mismos, como este libro. Yo viajo por viajar, no por llegar; el día que llegue este negocio se acabó. Llegar es morir, dijo la maricuela. Y viajando, viajando, en tanto no llego y no muero medito. Medito, por ejemplo, en la hijueputez de Colombia. Medito en lo frágil que es esta vida amenazada por la policía, el cáncer, los médicos... Medito en la lentitud aburrida con que transcurrió la existencia de mi abuelo, a una o dos leguas por día en mula, frente a la mía, que va a ciento ochenta kilómetros por hora ahora, despanzurrándose este carromato. ¡Más, más, más, hasta que las cuatro llantas salten cada cual por su lado al diablo! Medito también, en los atrancones, disminuyendo la velocidad, o acelerando luego para agarrar a cualquier ranchero borracho, como a un conejo, en el triste destino del cine, lo pronto que envejecen las películas; tan rápido como el largo de las faldas de las putas que en ellas aparecen, que ayer nomás causaban sensación y hoy son unas preciosas ridículas. Y haber vivido tantos años encandilado por semejante embeleco... He vivido, padre, en el error, mea culpa. Cómo pude pensar que un lenguaje tan unívoco, tan artificioso, tan falso, tan burdo, tan ligado a la novedad del día pudiera perdurar y valer más que las eternas palabras, angulas escurridizas que cuando ya las crees tener en la mano se te escabullen, se te van, se te van, se te van como esta línea conmigo y Medellín hacia la nada. Mi Medellín que cuando yo nací tenía tranvía…

En un maldito radio callejero, en su alharaca, oí al pasar que Río de Janeiro se estaba por convertir en la capital del crimen del planeta, alcanzando y superando a Medellín, la cual el año que acababa de acabar le ganó por sólo diez "muñecos". Pues si a Medellín le quitan ese honor a mí me van a quitar el sueño porque ¿segundos de alguien? ¡Jamás! Y mi orgullo patrio se me alborotaba impulsándome a regresar a ayudar.

Las olas se rompían contra el malecón. Atrás de mí, de nosotros, las luces fantasmales del Hotel Nacional iluminando los prados. De súbito, cuando besaba al muchacho, surgió el soldadito de la noche habanera y nos apuntó con el fusil. Tendría diecisiete años, morenito. Una sola idea me pasó por la cabeza: ¿Y si la misa de dos padres la siguiéramos con tres? Y me reí. Y dije:

—Con semejante marejada aquí no arriman los tiburones.

Mi acento extranjero lo desconcertó. Como si hubiera visto en mi pobre persona al mismo diablo, al comandante Raúl, el hermano del otro, el sucesor, el maricón. Bajó el fusil y se alejó. Entonces recordé una historia de mi hermano Darío en Bogotá: Que iba por las calles de esa ciudad asesina en su jeep manejando, cuando de sopetón frenó el carro de adelante y él lo golpeó. Del carro bajó un energúmeno con un revólver y se lo puso en la sien. Mi hermano, sonriente, plácido, le preguntó:

—Est-ce-que tu vas me tuer?

Se asustó tanto el otro de oír francés que guardó el revólver y huyó. Otra fórmula para calmar a un perro bravo: uno se desnuda. El perro no muerde al hombre desnudo porque lo considera otro animal.

Cuando se marchó el soldadito le pregunté a Jesús:

—¿Y ahora adónde vamos en esta cárcel que es un convento? ¿A mi hotel?

—Vamos —dijo, y con ese "vamos" se jugaba la vida.

En la inmensa cárcel de desesperanza que hoy es Cuba, espiada cuadra por cuadra por los "Comités de Defensa de la Revolución", hay en cada elevador de hotel y en cada pasillo un espía. Al final del pasillo verá usted una mujer de blanco, como enfermera, sentada dizque durmiendo, pero viendo, oyendo: son los ojos del tirano, sus oídos. Todo lo ve, lo oye a través de ella. ¿Cómo entrar con Jesús a mi hotel? El Habana Libre, antiguo Hotel Hilton, es un nido de víboras. Víboras en la administración, víboras en el comedor, víboras en los pasillos. Las alfombras raídas, las cortinas raídas, micrófonos camuflados en los cuartos y rusos cocinando en los pasillos. Cocinan en unas especies de reverberos u hornillas chicas.

Intercambiamos las camisas: Jesús me dio la suya, descolorida, cubana; yo la mía roja a cuadros, de prestigios extranjeros. Y mi gafete de huésped del hotel. Cruzamos el inmenso hall atestado de espías, y entre un grupo de rusos entramos al elevador. La cancerbera del elevador lo miró y me miró: Jesús muy propio, con mi gafete y mi camisa. Yo cantando el himno. El de Colombia quiero decir: "Oh gloria inmarcesible, oh júbilo inmortal, en surcos de dolores el bien germina ya". Salimos del elevador, tomamos por el pasillo. Ocultos de la cancerbera del pasillo por las nubes de humo de las hornillas rusas entramos a mi cuarto.

Con tanto que he andado nunca he estado tan cerca del amor, y era la víspera de mi partida. Le prometí que volvería, me prometió que me esperaría: me tardé diez años en volver. Volví cuando se había apoderado de mis sueños.

Mi tío Argemiro, el "pobre" Miro (siempre le endilgaron ese epíteto), que en su casa era una furia que rompía puertas a patadas, en la calle era una "mansa" oveja. Un día, su último de alentar, lo atracaron, y como no le encontraron qué robar, de un varillazo con varilla de hierro en su cabeza hueca se lo despacharon. "¡Pa que no andés suelto por la calle viejo pobretón hijueputa!" dicen que le dijeron. Pero él ya no oyó. Los dulces tiempos de los "pellizquitos" con alicate hacía mucho que en mi Medellín habían pasado. Idos eran. De aquí que Jorge Manrique siga teniendo razón, siglos y siglos después: hoy como en el renacimiento o en el medioevo, claro que sí don Jorge, cualquier tiempo pasado fue mejor. ¿Y que nos van a quitar el record? Permítanme que me ría. ¡Jua! Cuenten bien que habrán contado mal, pendejos. ¡Leguizamo solo y Medellín invicto!

Y con esta seguridad me volvió el sueño, y soñando soñando, en sueños volví a Medellín después de medio siglo de ausencia, hecho un viejo. Pero volvía nada menos que a la casa de la calle del Perú donde transcurrió mi infancia, en un taxi destartalado y cargado de regalos para mis hermanos, los once, que salían a recibirme de niños como si el perverso Cronos sólo hubiera pasado por mí con su caricia inexorable y no por ellos. Cronos, el heraldo de Thánatos… El taxi, cosa curiosa, lo había tomado en el parque de Boston, a sólo tres cuadras de mi casa; con una familiaridad que me asombró, pues era la de quien jamás se había marchado, y no la del espectro que regresaba, le indicaba al taxista:

—A la calle del Perú, entre Ribón y Portocarrero.

¿Entre Ribón y Portocarrero? Las calles surgían del fondo del fondo del fondo del olvido por virtud del sueño. ¿Quién en este inmenso mundo podría ordenarle a un chofer semejante aterradora dirección? Ahí, en la calle en pendiente del Perú entre Ribón y Portocarrero, a mitad de la cuadra, a la derecha subiendo, en el primer cuarto de esa casa con tres ventanas de rejas blancas yo nací. En ese exactísimo lugar y no en otro de la vasta tierra. Lo que no sé es bajo qué hijueputa cielo. No hay sueños felices, Peñaranda, ésos son cuentos. Sólo se sueña con dolor. Ahora sé que lo que me está ordenando ese sueño es volver a ese cuarto de esa casa a esperar la muerte para que así, después de haber recorrido tanto no haya avanzado un palmo. Volver, como quien dice, a reunir los últimos restos del naufragio para que juntos se acaben de hundir mejor.

Por lo demás no es mi único regreso en sueños. Por años soñé que regresaba a La Habana a concluir una remota historia que se me había quedado inconclusa —la del muchachito de la noche del malecón—, pero infructuosamente; bajaba del avión, dejaba el aeropuerto, tomaba un taxi, y a un paso de su casa y encontrarlo, cuando tan sólo nos separaba una vía férrea, el sueño se interrumpía con un profundo dolor. Para información del doctor Flores Tapia y colegas psicoanalistas anoto de pasada que en uno de esos disparates oníricos (¿pero cuáles no, si son la quintaesencia de la realidad?) estuve a punto de regresar a La Habana en una montaña rusa altísima; desde lo alto ya divisaba las olas rompiéndose contra el malecón y empezaba a bajar, pero en el vértigo del descenso el sueño se disipaba.

Llegué a La Habana por primera vez en esta realidad (la de aquí, la de este lado desde el que escribo, la de este mundo que por lo visto es distinta a la de los sueños si bien yo cada día las distingo menos o las confundo más) con una compañía de cómicos de la legua mexicanos que regresaba a México tras una larga gira, gris cuanto inútil, por América. La víspera de mi partida de La Habana, al anochecer, cuando ya me despedía para siempre de la ciudad y sus miserias, en el hall del viejo Hotel Hilton, corazón del espionaje en un país de espías y tiburones, lo conocí. En el Hilton, al que le habían cambiado el nombre pero no las alfombras ni las cortinas raídas cual se estila en las revoluciones, muy dadas a apoderarse de lo que construyeron y trabajaron los otros para destruirlo como las ratas. Jesús, el muchachito, que en algún lado me había visto pasar entre los mexicanos, venía ahora a mi hotel a buscarme, en cumplimiento de los pronósticos engañosos de una gitana, más falsa que el comunismo, que le había prometido amor y felicidad. ¿Pero todavía quedaban gitanas en Cuba? Perros, por lo menos, yo no vi, los acabó la Revolución. Sombras, si acaso, de humanos, espectros deambulando por una ciudad semiderruida, despintada, desvaída, cortada del mundo, detenida en el pasado, fantasmal. Espectros espiándose. Le agradezco, eso sí, al comunismo, que al haber sacado a Cuba de los cauces del tiempo me hubiera permitido, por fin, satisfacer mi gran capricho de tomar la máquina de Wells para regresar al pasado a conocer a Jesús y su inocencia antediluviana, y ver de paso, como cualquier turista de antes con camisa de colores chillones a cuadros, el show del Tropicana en el esplendor de su momento pero años y años después, décadas que habían ido acumulando sobre la isla mágica capas de polvo y polvo y más polvo. Espejeando entre las lentejuelas polvosas del Tropicana, la Cuba que yo conocí era un espejismo del pasado, del ayer insidioso. Barba Jacob, que estuvo cuatro veces en ella tantísimos años antes que yo, la habría encontrado muy familiar; se habría extrañado, si acaso, de los colores de La Habana, idos, desvaídos por falta de pintura capitalista, y un poco también de las casas desmoronándose en ruinas, pero apuntaladas con los sólidos pilotes de la ideología que hacían prácticamente innecesarios los de madera, cansada, carcomida, vieja madera. Ah, y un edificio alto que dejó Batista en construcción y así se quedó diez años, veinte, treinta, mirando como pendejo al cielo. ¿Y los cubanos? Los cubanos, "el pueblo", pues comiéndose su sopita espesa de dialéctica condimentada con la sal del mito que le da sabor riquísimo. En cuanto al "comandante Fidel", el señor don Castro, elévese simplemente a la décima potencia a Machado, el "burro con garras" que dijo Mella, y ahí lo tienen, ahí tienen al tirano de los tiranos en este continentucho de tiranos, al máximo criminal, el energúmeno, el granuja, el carcelero, el cancerbero. Con esta simple operación matemática habría comprendido Barba Jacob por qué la isla bella se había trocado en una cárcel que era a la vez convento: por obra y gracia del dúplice señor don Castro, un sargentón que fusilaba y una madre superiora (con barbas blancas) que impedía pecar. Y eso sí que no, compañeros y compañeras, pero no, pero no, pero no porque no porque no puede ser, el mundo sin pecado no es mundo, es el infierno. A mí prohibirme cosas era apretarme el tubo de la respiración, taponarme el gaznate. Que la farsa esa sangrienta, la dizque "revolución" me impidiera llevarme al angelito que me llovió del cielo adonde se me antojara a hacer lo que se nos diera la gana me revolvía las tripas. Y ese maldito Hotel Hilton o Habana Libre o como lo quieran llamar (que no construyeron ellos, que construyó Batista) atestado de espías y esbirros del tirano —en el hall, en los elevadores, en los pasillos, en los cuartos, en los closets, bajo las camas, en la escalera y hasta en el polvo mismo que flotaba en el aire espejeando al sol— era para el pecado mortal con hombre o mujer, con burra o quimera, una fortaleza de la pureza. Cómo la vencí yo, cómo la burló el antipapa, ya lo conté en otro libro que hay que leer y comprar pues no me pienso repetir como Cuevas pintando siempre las mismas caritas, ¡siempre los mismos monigotes que lleva adentro! ¿Por qué más bien no los vomita en el inodoro? En fin, en fin, en fin, señorita, tache lo dicho de ese señor que me simpatiza y ponga en su lugar dos puntos: de tanto soñar que volvía a Cuba tuve que regresar. Bajé del

avión, dejé el aeropuerto, y en el taxi archiconoci-
do me dirigí a la dirección archisabida que tantas
veces me había indicado el sueño: ahí, en esa casa,
cruzando la vía del ferrocarril. Crucé la vía del ferrocarril y en la casa señalada llamé a la puerta. El
tiempo, con lentitud perversa, se dio a arrastrarse
inflándose. Débiles foquitos alumbraban la calle
en la noche habanera y me recordaron las barria-
das de Buenos Aires, y vaya Dios a saber por qué
asociación de ideas, de sensaciones, me sentí feliz.
¿Acaso porque mi tío Iván había estudiado en Buenos Aires y su recuerdo me alegraba? La noche palpitaba, intemporal, en su tibieza. La misma tibieza
de otra vaga noche, indistinta, en la finca Santa Anita que hacía tanto se había quedado atrás, con mi
niñez, empantanada en el lodazal del tiempo. ¿Iría
a despertar? Aún no, abrieron. Abrió ella, la madre, por quien Jesús jamás había pensado siquiera
huir de Cuba, una pobre mujer mestiza, anodina,
en los huesos, que me inspiró compasión: casi sin
materia agente, se diría el mero espíritu del hambre, y lo más lejano que se pudiera imaginar usted,
usted y Chucho Lopera, de la turbadora belleza de
su hijo. Que Jesús estaba por llegar, me informó,
que pasara… Al pasar pensé que iba a despertar,
pero el sueño continuaba. Seguimos a la habitación
del muchacho: en un alambre tendido de pared a
pared colgaba, humildemente su ropa; entonces
advertí, entre sus camisas planchadas, pulcrísimas,
la de cuadros y colores, ya apagándose, que yo le

había regalado diez años antes y gracias a la cual, a su incontrovertible verdad extranjera, pudimos engañar a los guardias del elevador y del pasillo y entrar a mi cuarto haciéndoles creer que Jesús, como yo, era un huésped del hotel. La avalancha del tiempo se me vino encima y sentí que ahora sí iba a despertar, que hacía mucho el sueño debía haberse terminado.

—Él cuida mucho su ropa —me dijo ella.

Entonces apareció "él", en el umbral de la puerta: más alto, hecho un hombre, muy cambiado, pero con la misma sonrisa triste de antaño. El sueño, por fin, era la realidad, había regresado.

Al día siguiente, caminando solos por el malecón, entendí perfectamente cuanto me contó y explicó. De la Universidad lo habían expulsado por no pertenecer a las juventudes comunistas, y ahora trabajaba de albañil reparando ruinas. En cuanto a mí, me había reemplazado por otros en vista de que no regresaba. Que no podía vivir sin el amor, me dijo, cosa que acepté sin reproches. Sé que así pasa en las cárceles, sin fútbol, sin discotecas, sin cine, sin televisión, viendo siempre las mismas películas rusas, basura, y oyendo día y noche a la lora alharaquienta de Fidel chillando, perorando, como un viejo disco rayado, sin parar... ¿Qué queda entonces sino el amor? También entendí que me hubiera escrito con regularidad, y en clave, durante esos diez largos años, y que yo le hubiera contestado ídem, igual: él por desocupado, y yo por pendejo. ¿Pero por qué no me advirtió claro lo esencial, que nuestra ilusa historia de amor se había acabado, que sólo duró esa noche?

—Así me hubieras evitado este regreso a Cuba a nada, a ver ruinas de ruinas y polvo sobre más polvo.

Esa misma tarde, curado para toda la eternidad de ese sueño, tomaba el avión de vuelta a México y a la cotidiana realidad de la que ya sé que sólo me sacará la muerte. En casa de herrero cuchillo de palo, ¿pero un psiquiatra engañado por sus sueños? ¿Habráse visto mayor aberración? Soy un irredento, padre, acúsome. En cuanto a usted, señorita, ¿cuántos días más piensa seguir faltando, viniendo cuando se le da la gana, a las horas que se le da la gana? ¿Quince? ¿Veinte? ¿Un mes? ¿A las ocho? ¿A las nueve? ¿A las diez? Tome su bolsita que dejó en el sillón capitonado y queda despedida. Váyase. Esta maldita raza indolente, irresponsable, cínica, sentada en sus haraganas nalgas es casi tan mala como la colombiana, tampoco tiene redención. Colmada la taza de mi paciencia y echada esta perra, el resto de este libro te lo dicto a ti, Peñaranda. A ti mi dilecto amigo, venciendo muy a mi pesar la tentación de dejarlo donde está, en tres puntos suspensivos como un coitus interruptus. Pero no, abre párrafo aparte para acabar de limpiarme soberanamente hablando el culo con la Constitución de Colombia y Cristo el claudicante. Colombia, México, paisuchos indignos que van a remolque de la humanidad contaminando de mierda los mares… Incapaces de inventar ni el Alka-Seltzer, ¿qué les debe el mundo? Y son dizque países soberanos… San Cipriano, preservador de culebras, rézame el Padre Nuestro al revés para que aparezca el Mandinga. ¿Dónde me quedé? En la cárcel de oprobio de Cuba. Tomemos el avión y vámonos.

De Cristo el arbitrario, de Cristo el atrabiliario, ¿qué decíamos? Que quien jamás tuvo una palabra de amor por los animales, en un arrebato de ira, como cualquier animal, expulsó a los mercaderes del templo porque los encontró vendiendo sus baratijas: radiecitos de transistor, calculadoras de bolsillo, rasuradoras eléctricas, pilas, condones nuevos… Paradójica como es la vida, la burlona, la cabrona, he aquí que en mi Medellín, corazón de la católica Antioquia donde familia que se preciara no tenía menos de un cura o monja, al Seminario Mayor, semillero de semilleros, almácigo de tonsurados, a espaldas de la Basílica Metropolitana de que tanto he hablado y a la que me pienso ir a bien morir con mis perros si me dejan entrar y si no la han convertido para entonces en discoteca —lo transformó la Curia de los publicanos en un inmenso Centro Comercial para vender lo dicho: radiecitos de transistor, etcétera, etcétera.

Dos mil años hace que el pueblo judío parió a Cristo. Lo parió con el concurso de un Espíritu Santo dicen, y la venia de un carpintero. Yo no sé, yo no entiendo, lo que sea, inmenso, imperdonable pecado que no les ha reprochado nadie pero que aquí les enrostro yo. A este chisgarabís alucinando, a este zascandil del embeleco —contradictorio, insolvente, loco, necio— le dio dizque por abolir la Ley del talión, la Ley antigua, la del ojo por ojo y diente por diente, la más sabia, la más justa, para extraviar al mundo con el desvarío de que hay que volver la otra mejilla para que de un segundo bofetón nos emparejen. ¡Cómo! ¡Si de un solo bofetón te pueden desprender la retina! ¿Habráse visto mayor disparate? A quien te dé un bofetón saca el cuchillo y clávaselo: en el centro del centro del corazón calculando que su lado izquierdo es tu derecho. He ahí la Ley del talión perfeccionada, que es la que propongo yo.

¿Mas qué son dos mil años en la cuenta de las edades? ¿Qué son comparados no digo con la eternidad sobrecogedora sino con los cien mil años cuando menos en que el hombre es el hombre, esta bestia sucia, este infame animal? Cristo no parte en dos nada, ni siquiera la Edad de Piedra. Y aligérame por favor Peñaranda, tú que ves, de esdrújulos, tetrasílabos, pentasílabos, adverbios en "mente" y demás suciedades este libro, y todo lo malsonante que en él encuentres y que te displazca o te suene a cálculo, calculo; círculo, circulo; receptáculo, espectáculo, vernáculo, báculo, inóculo, binóculo, ósculo, flósculo, vínculo, artículo, adminículo, montículo, admiráculo, infiernáculo, bofordóculo, fornículo, forúnculo, tortículo, mayúsculo, minúsculo, administráculo, despertáculo... Y cuando acabes de limpiar y volviendo al embaucador y maestro del despropósito, anota abriendo interrogación: ¿Cómo va a ser paradigma de lo humano quien no conoció mujer por delante ni hombre por detrás? ¿Quién no cargó con las miserias de la enfermedad ni con el cáncer de la vejez? De ese fantasma lo único humano es el susodicho arrebato de ira, y nada más. ¡Y al diablo con el diablo, a otra cosa!

Devoto recuento de los fallecimientos acaecidos —lo cual es pleonasmo, ¿eh?— este librúnculo arranca cuando mi libreta de la Muerte iba en quinientos: ya va por mil. O se me desató la memoria o se enverracó la Muerte, o ambas juntas a la vez haciendo estragos cada cual por su lado. Van los muertos en desorden por las páginas de este obituario o inventario sin importar quién murió primero y quién luego y en pos de ellos va mi entierro. ¿Por qué en desorden? Porque así es como procedo yo, mi voluntad soberana. "Perché la mia volontà —decía Mussolini el eunuco— questo e l'altro..." ¿Qué más da además el orden si lo que cuenta es el resultado, y éste para todos es el mismo? Jóvenes llenos de vigor, de ínfulas, de jactancia; viejitos abrumados por el peso de los recuerdos; ambiciosos de poder, dinero, gloria; heroinómanos, cocainómanos, presidentes, marihuanos... ¡Todos a la fosa! Mi padre, mi madre y mi hermano Carlos no por llevar la contraria: se fueron en un jeep nuevo por un desbarrancadero y hasta el sol de hoy. No salieron ni en El Colombiano de Medellín, que es un pasquín. Bajó el bólido dejando un mero rastro de maleza calcinada como senda del infierno… Pero no, se desintegraron, y sus tres almitas subieron juntas rumbo al cielo cual sube el vapor del agua que choca contra la roca en el Salto del Tequendama. Sube para volver a caer trocado en lluvia, en una tenue, perenne lluviecita de terror que baña a los visitantes, los emparama. Así lo recuerdo yo y yo de niño al borde mismo del abismo, de ese puente al Más Allá, el más horrísono, desde el cual saltaban las criadas por despechos de amor. Criadas suicidas dignificándose como Sócrates… Me asomé a su alma negra ¿y saben qué me dijo el maldito?

—Salta, salta.

Pero cómo, no entiendo… Primero dijiste que a Liíta la mató un doctor Montoya con una "sobredosis de confianza"; luego que la mató el Quinidín Durules "que tranquiliza el corazón"; y ahora se va por un derrumbadero… Entonces ¿Liíta murió tres veces? Ajá, mi madre era una mujer muy original, yo no sé la tuya.

Vive aquí abajo un viejito de noventa y tres años que el año pasado en febrero (enero loco, febrero desviejadero) casi se lo lleva una pulmonía. Pero como casi es casi y no el acto plenamente consumado, salió de ella y ahora me lo encuentro por todas partes funcionando el santo día: va, viene, baja, sube, sale, entra, caminando más derechito que un palo tieso aunque yo sé que por dentro está encorvado. Se tropieza conmigo por la calle de Amsterdam, en la farmacia, en el supermercado, en el parque, en la escalera, en el elevador. No digo que es mi sombra porque mi sombra me sigue y es discreta y no la noto. Diría mejor que es mi espejo, uno que adonde voy se me viene enfrente para que me vea. Pese a que vivimos a sólo cinco pisos de distancia (él en el dos, yo en el siete), fingimos que no nos vemos y jamás nos saludamos. Nos detestamos. Yo espero que este año sí, en febrero, en invierno, pire; que recurra la pulmonía y lo saque de circulación.

Sobre la tierra de las macetas de mi balcón ponen sus huevos las palomas. Se pasan las horas y las horas y los días y los días empollando, empollando. Tanta será la presión demográfica y la falta de lugar, que siguen y siguen en su empeño por más que las ahuyento: no tienen, simplemente, adonde ir. Yo las espío. En un descuido, cuando se ausentan un instante las pobrecitas a sacudirse el cansancio, me paro como impulsado por un resorte, me abalanzo sobre los huevecitos, los tomo con delicadeza, calientitos, y con dolor en el alma corro a quebrarlos en el bote de la basura. Cuando regresa la paloma ya no están, no los encuentra, esfumáronse. Duda un instante sin saber qué hacer, luego se marcha para siempre desconcertada. Santa Madre Iglesia estúpida: he ahí la máxima obra de caridad, ¿viste?, la que nunca has predicado: evitarle la existencia a quien no la pide. Con esta sola las demás salen sobrando. ¿Cómo darle, verbigracia, de beber al sediento si el sediento no está, no es? Quien no existe nunca tiene sed, ni hambre, ni nada de nada de nada, no carece de nada, no le duele nada, no necesita nada, es la perfección. Palomita en ciernes: te he liberado del horror de la vida pero no me tienes que dar las gracias, lo hice por mí, por mi bien, por mi egoísmo, por evitarme el dolor de tu dolor. Consecuente con los principios de esta filosofía, del aborto sigue como segunda obra de caridad el asesinato, que Colombia la caritativa practica tan bien.

Y a propósito de Colombia: Carlos Coriolano Montoya, la única gloria científica de que se puede ufanar ese país tuyo (pues el sabio Caldas lo más que hizo fue medir la altura de una montaña con un barómetro), era flatólogo: a la chisporroteante ciencia de la flatología le consagró todas sus luces. Años y años de su empeñosa vida, y en especial los últimos, se los pasó experimentando con las emanaciones gaseosas propias y ajenas, y dando demostraciones públicas en las más eméritas universidades colombianas, asombrosas exhibiciones en que se permitía pronosticar (como Pasteur el mago podía decir de los vinos cuál era cuál sin catarlos con sólo observar sus contaminaciones microbianas al microscopio) de quién provenía tal o cual exhalación y de qué comida, interpretando las coloraciones y fulguraciones que provocaba en la llama de una vela. Tenía incorporado en el ojo un verdadero colorímetro de prodigio.

—A juzgar por sus verdes, sus rojos, sus azules —sentenciaba— esta fulguración tiene tanto de hidrógeno, tanto de nitrógeno, tanto de sulfuro, tanto de amoníaco y tanto de metano, el gas de los pantanos.

Infalible como el Papa, jamás fallaba. Una tarde memorable en Bogotá, su última, ante la mismísima Academia Colombiana de la Lengua de gruesas gafas y barbas blancas y calvas altas, bájase Carlos Coriolano sus holgados calzones y dirigiendo su salvohonor o castizo culo (que compartimos con Octavio Paz, con el presidente y con el Papa, y que figura en el Diccionario de la madre de la susodicha, la Real de España) a la llama de una vela, se entrega a un verdadero recital de pequeños poemas luminosos, policromos, fúlgidos, del tipo de los haikais del difunto José Juan Tablada (si bien también los podríamos calificar de octavianos dada la susurrante delicadeza de sus metáforas sinestésicas). Mas he aquí que —¡oh tarde, oh padre, oh madre!— que una lengua de esas de fuego, atrevida, por hacerse notar le lame los calzones, y lo enciende en una hoguera. Y Carlos Coriolano Montoya, como Giordano Bruno, como Savonarola, como Miguel Servet, en aras de la libertad de expresión y los avances de la ciencia arde en llama viva. Post mortem le concedieron la Cruz de Boyacá, la condecoración máxima que da Colombia. Conclusión: la muerte es una estrafalaria cabrona.

Dejando a Medellín camino de La Pintada hay entre los pueblos de Caldas y Santa Bárbara un altico muy empinado, tan empinado como famoso porque no lo pudo coronar Fausto Copi, el campeón ciclista del mundo, pese a que el ciclista más desarrapado de mi tierra asciende a él con la facilidad con que sube una hormiguita por un mapamundi: el alto de Minas, el más verraco. Por el otro lado de ese altico, en la bajada, se fue mi padre al abismo en un camión de escalera atestado de gallinas, marranos y pasajeros. Se desbarrancaron y hubo muertos y muertos y muertos, o mejor dicho "hubieron" como diría Zabludovsky el zanuco. Mi padre no, y con este no, doble, quiero decir que no murió y que no cometería tan garrafal error de gramática. ¡Jamás de los jamases!

Pero ¿qué importan estas sutilezas de lenguaje en semejantes trances de muerte? Vivo salió mi padre, ileso, del abismo, agarrándose de los matorrales chamuscados con todo y su portafolios de abogado atiborrado de expedientes y expedientes de crímenes y crímenes y más crímenes que es en lo que mejor se prodiga Colombia la dadivosa. Vivo salió y para el Senado, elegido por la voluntad soberana del pueblo senador, gran cosa entonces y hoy menos que nada, mierda que se va con las pobres ratas por los desaguaderos.

Años después, añísimos (unas cinco o más décadas), como desandando en vida sus propios pasos, volvió mi padre a irse por ese mismo abismo, antesala del infierno, pero esta vez ya no en un viejo camión de escalera ajeno sino en su jeep nuevo y propio, y en compañía de su señora esposa, Liíta, mi santa madre, más el quinto de los doce hijos que los dos tuvieron, mi hermano Carlos. No salieron como dije, como dicen, ni en el periódico: se calcinaron en cenizas que volaron alto, muy alto, y se dispersaron por las cumbres andinas en las alas del viento.

—¡Carajo! —exclamé cuando me enteré en México de la noticia—. ¡Se los dije, se los dije que no compraran esa maldita finca en el culo del mundo después de mil quinientas curvas con desbarrancadero!

Lo cual, como habrán notado ustedes, señores académicos, es una manifiesta incorrección de lenguaje digna de Zabludovsky: no es "se los dije", es "se lo dije" pues el plural está en el "se", no en el "lo", complemento directo que debe ir en singular ya que es una sola cosa la que les dije. Contaminaciones, vaya.

Viene a continuación una verdadera racha de muertos. La Muerte, arreciando con la rabia de una tempestad borracha, en el curso de una semana se llevó a mi tío Ovidio, a mi primo Gonzalo, a mi hermano Darío y a la viuda de mi tío Argemiro, Lucía la inefable. Ovidio murió hablando;

Gonzalo "la Mayiya" presa de un arrebato vesáni-co; Darío cayendo de un quinto piso enmarihua-nado o borracho; y Lucía invocando a san Nicolás de Tolentino, el santo de sus devociones, el san-to más milagroso, que desde la desaparición de su infantil marido la proveía religiosamente cada mar-tes de todo lo necesario para la semana: frijoles, yucas, papas, arracachas, plátanos… Muertos to-dos, pues, como vivieron, como si la Muerte, can-sada de imaginar nuevos e imprevistos desenlaces, se diera a matar en serie cual pinta un pintor mo-derno, digamos Cuevas, garabateando siempre las mismas caritas, los mismos mamarrachos, según la misma y manida fórmula. ¡Ay qué dolor!

¡Ay qué dolor! Han vuelto esta noche los mu-siciens del perro López con su canturria a no de-jarme dormir, a exacerbarme las penas. Y hoy como ayer, como anteayer, como trasanteayer se pone a repasar mi insomnio la lista de los muertos y es el cuento de nunca acabar. Y yo, ¿estoy vivo, o estoy muerto? Muertisisísimo así esté quemando ahora incienso para ahuyentar los zancudos y de paso mis pensamientos. ¡Qué va! El incienso me retrotrae a la iglesia del Sufragio de mi infancia y pienso en Dios y en su bondad, que no existen. O si no, ¿dón-de estás, dónde estáis? ¿En el abandono de los pe-rros callejeros? ¿En el sufrimiento de las ratas de las alcantarillas? ¿O es que a unas y otros, para com-pensarles el horror de esta vida con que los encar-taste, te los acabarás llevando al cielo? Dice el gordo

Tomás de Aquino, el cerdo, que no, que los animales no entrarán a tu reino… Ah, me acabo de acordar de la rabia que mató a Tonino Dávila, primera víctima del shock del futuro en Medellín. Por allá a principios del siglo veinte, en los confines del tiempo, trajeron a Medellín, a lomo de mula, el primer carro, y lo pusieron a circular por el parque de Berrío, a darle vueltas y vueltas. Tonino, que vivía "en el marco de la plaza", empezó a desvariar, y mientras el carro echaba humo y alegremente resoplaba afuera, el pobre viejo se iba enloqueciendo, se iba desintegrando de rabia. Con cera se taponaba los oídos para no oír el traqueteo infernal pero en vano, el motor le taladraba los huesos de los sesos. No resistió lo que se le venía encima, el alud del futuro que me ha tocado a mí. Murió suplicando:

—¡Quítenme ese carro de encima que me está estripando la cabeza con las llantas!

Para dormirme me pongo ahora a rezar el rosario y a pasarles revista a mis amantes de antaño, mas no veo ni uno, ninguno, fantasmas idos, desvaídos. Pienso en ese Joselito que me regaló Chucho Lopera, pero es más fácil agarrar borracho un jirón de bruma.

En mi móvil imposibilidad de estar quieto en el aquí y ahora, tengo siempre el cuerpo en un lado y el alma en otro tiempo y otra parte. Ni siquiera cuando voy a lo largo del malecón con el mar al lado y bajo la luna llena… Ni siquiera, ni siquiera, ni siquiera… ¿Sí te acordás, abuela, del caracol enorme de la finca Santa Anita que cuñaba tu puerta? Me lo llevaba al oído y oía el llamado verdiazul del mar:

—Ven, ven a conocerme.

¿Es ese mismo mar, abuela, del que me hablaste, el de una noche tuya de recién casada en Cartagena, con luna llena, rompiéndose en espumas contra el rompeolas? Te fuiste de Antioquia a conocerlo en un barquito de rueda por el Magdalena, el río del tiempo que tiene caimanes y desemboca en un mar de bucaneros: lo que siempre quise ser yo y no vendedor de alfombras. Abuela, donde quiera que estés ahora: vuelvo a oír, en virtud de tu recuerdo, el caracol que cuña tu puerta y se me baña el alma de azul salado.

En diciembre, en mi infancia, en Santa Anita, la noche se encendía en fuegos de artificio, ¿sí te acordás, abuela? Como los helados de Italia que cada uno tiene su nombre, así la pólvora en Antioquia. Hay (quiero decir "había") tacos, totes, pilas, papeletas, chorrillos, borrachitos, luces de Bengala, voladores… Las pilas eran las más bellas, surtidores de luces policromas. En cuanto a los borrachitos, partían como una exhalación y se iban por el suelo en las más imprevistas trayectorias, haciendo eses, espirales, rayas, para acabar, según el capricho de su inspiración, rumbo arriba y por dentro, por ejemplo, bajo la falda de una señora.

—¡Ay! —chillaba ella y se levantaba de un salto a apagarse a golpes sus vergüenzas.

—No fue nada, doña Aurora, vuelva a sentarse que ahora siguen los tacos.

Los tacos, los más peligrosos, eran petardos, bombas, que volaban con cuanto se les atravesaba: un tarro, una botella, una mano. Manco quedaba el polvorista borracho, sin con qué trabajar para mantener a los hijos. En cuanto a los voladores, precursores de los actuales cohetes que dizque van a la luna, salían rumbo a la oscuridad del cielo y arriba hacían ¡Pum! para soltarse en una lluvia de chispas de colores. Algunos no llegaban, se desinflaban en el camino sin acabar de ascender ni estallar en luces. Entonces se decía que el volador "se vanió". Me imagino que "vanearse" viniera de vacío, de vano. Pues eso, un volador vaniado ha sido mi vida. Promesas, promesas, promesas que se vaniaron. ¿Pero si hubieran ascendido a lo más alto y explotado en sus efímeros fuegos de artificio qué? Igual sería ahora, el oscuro silencio. Oigo en la callada oscuridad, zumbándome en el oído, el tinnitus auris. ¿Cuándo vendrá la muerte a apagarme esta joda? Mientras tanto, mientras llega, mantengo en el refrigerador enfriándose una botella de champaña Veuve Clicquot para el viejito de abajo, para celebrar el tránsito al Más Allá de esta detestable criatura. Aparte de la memoria de la Bruja y mis azaleas (que tengo que regar dos veces por semana), es la última razón que me queda para seguir en este negocio: por no darle el gusto. ¿Yo primero? ¡Jamás! Él primero. Después, si quieren de Allá

Arriba, que se suelte el aguacero para poner a Mozart a todo volumen a ver si en este mundo tan em-
pendejado todavía caen los rayos.

Pero Mozart no, mejor Leo Marini. Mozart
es intemporal, música llovida de las esferas; Leo
Marini en cambio está hecho de lo que estoy hecho yo, de dolor, de sangre, de tiempo. De un tiempo que fue el mío. Una noche, yendo con la Bruja
por la calle de Amsterdam volví a oírlo de impro-
viso, después de toda una vida, y entendí. Fue la
revelación. "Ya lo verás que me voy a alejar, que te
voy a dejar y que no volveré. Ya lo verás que esta
vida fatal que me has hecho llevar la tendrás tú también…" Las frases me llegaban en jirones de un
piso alto y una ventana iluminada. "Ya lo verás que
no habrás de encontrar quién te pueda aguantar
como yo te aguanté…" iba diciendo, sobre la fan-
farria del acompañamiento y la percusión insis-
tente, la letra burlona. Una sombra cruzó tras la
ventana. ¿Quién podría ser? ¿Quién a estas alturas de este siglo atrabancado seguiría oyendo a
Leo Marini? Conté los pisos y eran siete, y por un
instante experimenté la sensación de que me había desdoblado, que me miraba a mí mismo cruzando por mi séptimo piso tras mi ventana. Yo era
el otro. Entonces me despeñé en el pasado: volví
a la finca Santa Anita y a ser el niño que fui en el
corredor de las azaleas. Por la magia de Aladino
o los milagros del recuerdo la sucia noche de smog
se trocaba en una mañana soleada: mi tío Ovidio

oía a Leo Marini en su vitrola. Ovidio era un muchacho, yo un niño. Y esos boleros, que eran su música, empezaron en ese exactísimo momento, brillando el sol en las azaleas, a ser la mía. Lo cual no deja de ser una aberración pues la música de uno es la que está de moda en la propia juventud, no en la de otro. Qué más da, nunca he sido más yo mismo que en ese instante. ¡Y haber tenido que vivir una vida entera para saberlo! Haber tenido que llegar hasta aquí, hasta ahora, hasta esta calle de esta noche de smog para descubrir con dolor en todo ese pasado mío revuelto algo que entonces no podía ver: la felicidad. ¡Cómo verla si la estaba viviendo! Conque esto es la vida, volverse uno fantasma de sí mismo… "Yo ya me voy, no me importa llevar en el alma un puñal y en el pecho un dolor, porque al fin el que la hace la paga, me largo sin nada, adiós ya me voy". Como en la vieja rocola insegura, indecisa, de aguja gruesa en el corredor de Santa Anita, por la calle de Amsterdam canta Leo Marini negando el tiempo y se me iluminan los lodazales del alma. La brisa sopla por el corredor de esos días venturosos y mece las azaleas.

Mi padre, que no entendió el bolero porque era posterior a su juventud, a sus tiempos, opinaba de él que era una música despreciable y maricona. Despreciable y maricona no, ajena. Simplemente no era la tuya. ¡Qué ibas a poderla entender si ya empezabas a hacerte viejo! En cuanto a mí, tampoco me correspondía por lo contrario, porque era demasiado niño. Pero yo, viviente paradoja, obstinada extravagancia, la hice mía como quien se adjudica un cáncer, y ahora véanme aquí de limosnero llorando ajenas añoranzas. Unos jóvenes reemplazan a otros jóvenes y unas canciones a otras. Es el destino universal, inevitable, un ir pasando todos y todo de moda, así es este negocio. "Se vive solamente una vez, hay que aprender a querer y a vivir, hay que saber que la vida se aleja y nos deja llorando quimeras. No quiero arrepentirme después de lo que pudo haber sido y no fue…" Desde el fondo del olvido, acompañado de una chirimía de clarinetes llorones y maracas burlonas, entre sarcasmos, Leo Marini dice verdades eternas en una rocola. El viento zumbón de la Muerte ruge por la calle de Amsterdam, y entre que se decide a llevarme o no, barre las hojas del camellón. ¡Vaya pues! Cuando le acomete la rabia le da por barrer a este viento loco.

Yo soy el que sé que soy, uno en su interior no tiene nombre. Ese que ven los demás o que pasa por estas páginas engañosas diciendo yo no soy yo, es un espejismo del otro, su reflejo en un río turbulento y pantanoso. Llámenme como quieran pero no me pongan etiquetas que no soy psiquiatra ni escritor ni director de cine ni nada de nada de nada de nada. Yo soy el que soy y basta. En Colombia todos son "doctores". Aquí es "el arquitecto" tal, "el licenciado" no sé cuál, "el contador público" no sé qué diablos, "el profesor" no sé cuántos. Mucho senador también, gobernador, diputado, presidente… Rateros todos hijos de su pelona o sea de su puta madre. Y el periódico lambisconeando, acolitando. El periódico es el más infame despilfarro de papel, la venerable corteza de los árboles vuelta mierda. ¡Ay Tonino Dávila si vivieras! ¡Si vivieras para que vieras! ¡Cuánta mierda no ha arrastrado el río!

Retomando el hilo perdido del relato volvamos a Santa Anita, al corredor de las azaleas. Hay azaleas digo, y anturios y sanjoaquines y bifloras y geranios, y va de flor en flor una abeja y de maceta en maceta el colibrí. Tras su vuelo de colores se me van los pensamientos. Dicen que Santa Anita ya no está, ya no existe, que a la pobre vieja finca de mi abuelo se la llevó el ensanche, se la tragó el Tiempo. Dicen, dicen, tanto dicen… ¿Y quién los oye, y quién les cree? ¿Si no está dónde estoy? ¿No estoy pues con la abuela en sus corredores, meciéndonos en sus mecedoras? Van y vienen las mecedoras rítmicamente quejándose, arrullándonos en sus vaivenes.

—Abuela, dejá de leer novelas que ése es un género manido, muerto.

¿Qué chiste es cambiarles los nombres a las ciudades y a las personas para que digan después que uno está creando, inventando, que tiene una imaginación prodigiosa? Uno no inventa nada, no crea nada, todo está enfrente llamando a gritos.

—Abuela, dejá esas novelas pendejas y mejor leéme a Heidegger.

O el directorio telefónico aunque sea o el Diccionario de la Real Academia, que es clerical, realista, retrógrado, acientífico, que me encanta por lo anticuado y ridículo. Elenita riega las macetas y la abuela me lee a Heidegger y yo me estoy durmiendo, durmiendo, durmiendo, respirando la felicidad, la brisa que allí soplaba.

—Abuela, ¿cuántos años hace ya que tenés esta finca? ¿Diez? ¿Veinte? Cuando te murás no se la vayas a dejar a esos hijos tuyos chambones que se la van a feriar. Dejámela a mí que yo te sigo regando las azaleas.

En tanto desde Itagüí y la lejana montaña sopla la vasta brisa y viene hasta mí, la bruma del sueño avanza con pasos de fantasma. Envuelto en su capa de ceniza voy con la llave en la mano a abrir la última puerta, la puerta secreta. No hay nada adentro. Entro a la nada flotando en el silencio.

¿He vuelto a recobrar acaso mi estado de ánimo de ilimitado optimismo y fe en la ciencia que precedió a la operación del doctor Barraquer, justo en los momentos en que empezaba a obrar la anestesia? La melodía nunca olvida dónde ha estado, siempre hay alguna correlación con la totalidad de mi pasado. Como si el mar entero cupiera en una sola gota de agua salada. ¡Claro! Una sola gota salada es su esencia y así san Agustín lo puede meter en un dedal. Tira tú la botella verde al mar y que se la lleve, que se la lleve, pero escribe antes adentro este mensaje: "Hombres del futuro: aquí voy yo".

La mano espectral, ectoplásmica, rueda por el teclado tocando la tarantela de Lucifer. Baja del piano, sube por el pasamanos de la escalera, se arrastra bajo las sillas por las alfombras, y llegada al escritorio asciende hasta mí, hasta el que escribe, y con una fuerza de hierro se cierra en la garganta de su víctima. Esa mano separada de su dueño se sale de la pantalla a asfixiar mi infancia. ¿Es el vals Mefisto el que tocaba? ¿O era Scriabin? ¿O era el "Scarbó" del "Gaspar de la Noche" que estoy oyendo en Roma, esta noche, en una residencia de estudiantes mientras pasa entre sombras, por mi vida, el amor? Vámonos de esta calle, Brujita, que la Muerte nos está rondando y el viento nos va a llevar. Hoy que llega mi soberbia al borde del infinito cierro el puño para apresar la eterna, la inconmensurable, la inabarcable, la compleja realidad, y me despeño como Luzbel en los infiernos.

Hace veinte años que oigo a la lora de la esquina berrear como un bebé. ¡Qué tonos, qué agudos, qué berrinches, qué perfecta imitación! Ni que fuera una lora japonesa… Toma fuerza y lanza su ira destemplada a las alturas. Después se derrumba en sofocos.

—Ay, ay, ay —va diciendo como un carrito ahogado dando tumbos porque se le va a apagar el motor.

Cualquiera que pase por la calle desprevenido, sin verla en su jaulita, sin saber, jamás diría que es un pajarraquito parlante, sino un cachorro de

Homo sapiens emberrinchado, protestando contra Dios y contra el mundo, embarrado en mierda verde: justo aquel del que aprendió a berrear, años y años ha. Lorita: eres un prodigio. Veinte años han pasado y sigues igual, en la prístina infancia. El niño que imitabas ha de ser ahora un hombre, una de esas bestias puercas que copulan con mujeres. Tú no. Eres el milagro con que Tonino Dávila y yo siempre soñamos: la negación del tiempo. Sigue así como estás, en tu emplumada pureza verde y te irás al cielo, al que no entrará mi pobre madre Liíta porque nunca quiso a los animales. Yo sí. Ira, furia, emberrinchamientos, rabietas. Amén.

Enterrados mis amigos y mis enemigos, de enemigo sólo me queda el Tiempo y juego con él, como un niño dañino con un monigote de trapo: le arranco la cabeza y lo despanzurro, expando un segundo de la vida mía a veinte páginas, o meto cuarenta años vividos en México (o mejor, muertos) en una sola frase que borro de un tachón. ¿Infiernitos a mí? ¿Metaforitas? ¡Al diablo con el diablo y la metáfora! A aligerar la literatura de metáforas, que nada aclaran, que nada agregan, que nada explican ¡y que se hunda el barco! ¿Y me voy a ir de este mundo, Brujita, sin entender el espejo ni la llama de la vela? Tú tampoco pero a ti no te importa. Sabes que la vela encendida quema y la rehuyes. Y en la luna mentirosa del espejo, en su azogue alquímico, quimérico, jamás te miras, no eres vanidosa, eres sabia y no te dejas engañar. En un espejo la imagen de una mano derecha es una mano izquierda. ¿Puedes tú entender semejante aberración? ¿Que el guante de la derecha no pueda servir para esta mano sino para la izquierda en la representación del espejo embaucador, o del charco donde, para confundirme más las cosas, chapotean las ranas y me empantanan el reflejo? Las manos no tienen un "plan de simetría". Están trocadas, mal hechas. La vida es el orden pernicioso del caos y el espejo miente. Me miro en él y no me veo, veo un viejo. ¡Qué afrenta! ¿Pero quién carajos está berreando en la esquina, en el balcón? ¡Ah sí! Good morning, lorita verde berrinchuda, how are you?

¿Y llaman a esto catástrofe por veinte mil muertos? ¿Porque se sacudió la tierra y mató a veinte mil nacos, totonacos, hijos malnacidos de sus sucias indias madres en camadas? ¡Catástrofe la vida mía!

Aunque no sé si en este libro o en otro, creo que ya les conté la muerte de Maruca Palomino la gorrona. Ex monja, ex convicta, ex puta, ex loca, las hazañas de esta sujeta llenarían un libro del tamaño de la Biblia o del Quijote. Aquí voy a contar únicamente una, porque la llevo en el corazón: su promesa cumplida de ir de rodillas a la Villa. La Villa es la Villa de Guadalupe, el centro del católico México, el santuario de los santuarios al que conducen todos los caminos de la fe en la peregrinación de las peregrinaciones. Por una larga calzada de camellón adoquinado verá usted, con su Kodak de turista o sus ojos de viajero, cojos, mancos, ciegos, mudos, tuertos, impotentes, paralíticos, impedidos, llagados en su Via Crucis de la superstición, avanzando pasito a paso, pasito a paso, en muletas, sillas de ruedas, patitas cojas, hacia la Basílica de la Virgen de Guadalupe, patrona de este país en su Villa, muy milagrosita ella y de manto estrellado y con una media luna de corona en la cabeza (pero no me hagan mucho caso que no soy experto y a lo mejor la tiene en los pies), a venerar su católica imagen. Pues Maruca le prometió a esta virgen ir de rodillas a su Villa, a su basílica, si se le cumplía no sé qué ruego (un marido más, acaso, para desplumar, o algún enorme aparato masculino para su insaciable vagina devoradora). El ruego se le concedió y Maruca, de negro, salió de su casa de la colonia San Ángel (al otro extremo de esta inmensísima ciudad) a cumplir su promesa. Paró un taxi, subió, se arrodilló en el asiento trasero y ordenó:

—A la Villa, joven.

Y así, de rodillas, llegó a la Villa. Maruca, donde quiera que estés ahora (¿los profundos infiernos?) una cosa sí te digo: eres, como dicen en este país, una solemne chingona. Engañaste hasta la madre de Dios. En tu honor, en tu recuerdo, no sólo me quito el sombrero como dicen los italianos, sino hasta los calzones, y te muestro, a la argentina, el culo.

Esta larga noche oscura de cigarras y de ranas en algarabía concertante, rompiendo la telaraña pegajosa del tabú se va mi insomnio a flotar sobre el inconsciente humano. En un niño de turbadores doce añitos me poso, y con mis tersas, anchas alas membranosas de murciélago lo abanico no se vaya a despertar. Acto seguido, a gusto, me doy a saciar en él mi sed de sangre ilícita y a inyectarle el virus de la rabia.

Esto de noche. De día es otra cosa. De día subo a la azotea, me paro al borde de la cornisa y la desquiciada realidad y salto. Salto pero no caigo, soy un águila. Y con mi vuelo majestuoso de águila me voy muy lejos, borrando con mi aleteo el cielo que dejo atrás. De paso avivo los recuerdos y planeo sobre el Tiempo. Surcando el aire diáfano de la finca Santa Anita voy ahora entre globos de diciembre, gallinazos y cometas. Son los tiempos de las braguetas de botón y anda encaramado en el poder el partido conservador, ¡y no lo baja nadie! ¿Qué ven abajo, gallinazos, qué están rondando? ¿La carroña de un cura muerto? No me digan que es monseñor Builes, obispo de Santa Rosa de Osos, a quien tuve el honor de oír un día tronando desde su púlpito contra no sé qué orgasmo heterodoxo. Que no se te pierda, gordo Capeto, ni una sola gota de tu esperma, que hace falta para poblar la tierra y las galaxias y la mayor gloria de Dios.

Envidiosa del ayuntamiento universal, a la Iglesia habrá que aplicarle el psicoanálisis, el hip-

notismo u otras técnicas para curarla de la temblorina de su histeria. Las religiones separan, el sexo
junta. El hombre es uno solo y el mismo animal.
Y lo digo yo, lo dice este que se señala el pecho con
el dedo y que ha viajado por los cinco continentes y la Atlántida conociendo las ciudades en la
cama, sistema propio de viajar, un método sui gé-
neris. Jamás he dado por conocida una ciudad si
no me he acostado aunque sea con uno solo de sus
habitantes. ¡Un chulo! Otra cosa sería haber pasado por esta tierra como un ciclón borrándose, o como el Espíritu Santo por la virginidad de la Virgen,
cual un rayo de luz por un cristal sin romperlo ni
mancharlo. Así vivo con la sensación gratificante,
ecuménica, de que sé ruso, alemán, polaco, como
Papa. Viejas cintas desvaídas, borrosas, grabadas
tantísimos años ha pero que todavía paso por la ca-
setera de mi memoria y me hinchan de satisfacción
el alma. Si tú quieres ver museos, Peñaranda, allá
tú. A mí nada de piedras muertas: ¡bellezas vivas!

Ah, la otra tarde, para acabarla de amolar,
se me quebró un espejo. El diabólico adminículo
infernálico se me cayó y en su luna rajada, estrellada, vi un viejo cuarteado.

—Chi sei? Stronzo! —le increpé en italiano.

Y el cabrón viejo, desde el fondo lejano, opa-
co por el vaho, me sonrió con su sonrisa sucia y
desdentada. Era el espejito con que me jalaba la luna al cuarto. Al mío, a que se viniera a dormir conmigo.

—Ven, ven, ven lunita en cuarto menguante, ven a verte —le decía.

Y en ese espejo, eco de luz, eco de luna, la luna vanidosa y cornuda se miraba. ¿Será el mismo cuarto de luna que tiene la Virgen de Guadalupe de corona o de pedestal? Si es de pedestal, se va a cortar con él los pies. Los pieses de Zabludovsky.

Desafiando la prohibición bíblica de mirar atrás miro ¿y a quién veo? Veo a Hernando Giraldo el inefable, mi maestro y hermano, de la hermandad de la lujuria más desaforada, y que agotó las Fuerzas Armadas de Colombia, de tierra, aire y mar, soldados, pilotos y marineros. Quince años se encerró en una casona sombrosa sin querer ver a nadie y sin que se sepa por qué. ¿Iban a buscarlo? Nadie contestaba. A lo sumo el eco de los aldabazos, o una sombra que se asomaba por los visillos de una ventana. Para hacerlo salir le llevaron un soldado y lo pusieron a orinar en el portón. Entonces salió:

—¿Quién me busca, eh?

Y se le iluminaban los ojos. Ya ni sé de qué fue lo que murió Hernando. Tal vez asesinado. Cuando mejor siento la realidad es con lluvia y relampagueo. Entonces las gotas no me caen en el techo sino en la conciencia. Verlaine, vaya, dueño y señor de la lluvia por toda la eternidad mientras llueva.

Y llueve. Llueve a chorros y el viento zumbón pulsa las persianas de mi ventana saboteándome el aria de Donizetti. Pero entre la lluvia y el viento y Donizetti se me apaga el tinnitus auris y me puedo concentrar. Mi tío de sangre Argemiro padecía de ejaculatio praecox. Precocísima pero eficacísima: veía a su mujer en camisón y la preñaba. Obraba pues a distancia como el Espíritu Santo. Veintinosecuantos hijos tuvieron por este método, en camadas de dos y tres y cuatro y cinco y seis y con la bendición del Papa, que les mandó un diplomita. ¡Claro, como esta abeja reina no alimenta a nadie sino que a ella la alimentan! Para más es san Nicolás de Tolentino, santo proveedor de mercados.

Los diplomitas en cuestión se consiguen, por si se te ofrecen, en la Via della Conciliazione, la calle de la simonía en la Ciudad Vaticana donde reina Simón el Mago, el susodicho zángano. Allí te venden con su firma y bendición toda clase de iconitos milagrosos y faramallas. A Raquelita mi abuela, a quien más he querido en este mundo, solía llevarle del barrio de Guayaquil de Medellín, el de las putas, como traídas por encargo mío especial de Roma, estampitas de la Virgen que le firmaba yo mismo con tinta china y pluma de calígrafo como si fuera León Trece o Pío Doce. "Pontífice Máximo" le ponía bajo la rúbrica y una vez le puse "Rex". La abuela de latín no sabía un carajo. Ni de nada de nada de nada, era un ángel. No sé cómo tuvo los hijos. Tal vez por el método de Argemiro.

Es mi opinión, y me voy a ir con ella a la tumba, que España al colonizarnos nos hizo infinitos males: nos trajo, para empezar, la calvicie, los curas y los tinterillos; y se fue, para terminar, sin terminar de exterminar a los indios. Y el indio es malo. Erosiona como las cabras la tierra con sus patas. Contaminan los ríos, se comen las plantas y los animales y no quieren obedecer, son aborígenes feos y los mueve la misma furia copuladora, la misma manía feroz del negro. Paren y paren y paren sin parar. Si no se fumigan pronto destruirán la tierra. Aquí, donde abundan, en este país aberrante que se escribe con equis y se pronuncia con jota, tú les hablas en español y te contestan en marciano. El único lenguaje que podrían entender estos ladinos en su terca porfía, en su malicia socarrona es el del látigo, pero la ley alcahueta impide que se les toque un pelo. ¡Ay san Adolfo Hitler, mártir y santo, dónde estarás! ¿En el cielo? Algún lugarcito te habrá agenciado Pío Doce. Ni la Bruja ha mordido ni yo he matado. O sea, quiero decir, no en la medida en que debe ser dada la inmensa población del mundo.

Dicen que el perro López está muy avejentado. Que los pocos pelos que le quedaban en su brillante cabeza (los de las cejas) se le blanquearon, y que en la piel, marchita y apergaminada, le salieron unas como manchitas entre cafés y moradas, una especie de sarcoma de Kaposi. Que por lo demás está bien, muy bien, muy seguro y orgulloso de sí mismo, procreando hijos. Que no se arrepiente de nada. Que no mintió, que no robó, que no traicionó, ¡qué va! Que si volviera al poder otros seis años lo mismo haría sin variar un ápice, salvo poner de sucesor al Tartufo, ese culibajito traidor.

¿Y de ése qué? ¡Qué sé yo, de ése nada! ¡Hace tanto que le perdí la pista a ese cacorro! Ya lo tendrán entronizado en la galería de los presidentes de México del castillo de Chapultepec, la de la infamia.

En la ciudad de Medellín, en una casa de la calle de Ricaurte, en el patio, arrodillado como en plegaria musulmana un niño se da de topetazos contra el piso con su tierna cabecita de tiernos años insuflado por el espíritu de la rabia. ¿Rabia? ¡Qué rabia! La ira más iracunda. Las baldosas del piso son rojas y amarillas en alegre tablero de ajedrez, y ya rajé una de un cabezazo. Como corcel fogoso partió el recuerdo de muy lejos, de mi pasado remoto; ahora avanza de traspié en traspié como mulita vieja y cansada, viene a alcanzarme. Del maltrecho baúl del olvido saqué a Hernando Giraldo para recordarlo y desempolvarlo y se me murió, lo mataron. Mi memoria es un desastre: santo que recuerdo muere.

Recorriendo al mismo paso juntos el final del mismo camino, tu vejez, Brujita, se suma a la mía. Apaguemos el tocadiscos ahora que escampó y se calmó el viento, y sentémonos a oír zumbar el Tiempo superpuesto al tinnitus auris: dos cables de electricidad transportando sus electrones. Si un pájaro se para encima se electrocuta.

En nuestra esencial gratuidad que no se disminuirá un ápice así vivamos mil años, llevando siempre adentro la muerte y los gusanos ¿qué? ¿Que qué? ¿Que qué es un cacorro? En Antioquia te lo dirán, Peñaranda, que hoy no estoy de lexicógrafo. ¿De cuál muerte te iba a hablar o estaba hablando? La de mi primo Mario, de jovencito, con un frasco de fluoracetato de sodio o vulgar matarratas porque una gallina fundillona le dijo que no, que se casaba con otro. ¿Cuántas veces entonces no me habría matado yo por un muchacho? ¡Y por cuántos! Si un muchacho te dice que no pues le pagas. Para eso está la plata, Peñaranda, ¿o te la piensas llevar a la tumba? Lo que sí no se puede ser es marica pobre. Volvamos a poner el disco que ha vuelto a soplar el viento. ¡Viento maravilloso que pulsas mi persiana al ritmo de Donizetti y me reconcilias conmigo mismo!

Ese niño rabioso que fui yo tuvo su epígono o continuador en mi primo Gonzalo "la Mayiya", quien no toleraba que se le colgara ese apodo infamante que quería decir mucho y que en el fondo no quería decir nada. Porque ¿qué es una Mayiya? Doy todos los millones que me dejaron los muchachos al que me lo diga. Tal vez lo que enfurecía al niño era el femenino, máxime cuando iba acompañado del calificativo brava. "¡Mayiya brava!" le gritábamos y se le botaba el resorte de la ira. Y haga de cuenta usted la explosión de una olla Presto. Así como hay un sistema digestivo, un sistema nervioso, un sistema inmune, en el organismo humano hay también un sistema iracundo que va acumulando día a día, hora a hora, minuto a minuto, rabias, hasta que se cruza un umbral y ocurre el asesinato. No hay que buscarle al asesinato causas sociológicas ni geopolíticas: son fisiológicas. El hombre por toda la superficie de la tierra lleva adentro, contenida, una bestia asesina.

¿Cómo quieren que pegue un ojo con estas ranas chapoteándome encima, en la conciencia encharcada? ¡Carajo, dejen dormir que no maté un cura! Y si lo maté nadie vio, y si vieron nada han dicho.

Repitiéndome como disco rayado, como si para el bien tanto como para el mal Colombia fuera el único patrón con que yo pudiera medir todas las cosas, volví a soñar con Colombia. Con Colombia la mezquina, la asesina. El odio y la ira, chacales erizados, se desgarraban los hocicos a dentelladas. Aprovechando que estaba allí y como cuesta tanto el pasaje, decidí pasarme por Santa Anita. ¡Qué desastre! A la vieja finca de mi abuela se la había tragado la maleza. Las lianas del olvido y la desidia asfixiaban la casa, y en el corredor donde se daba topetazos de cabeza Gonzalito, raíces insidiosas pugnaban por salir reventando las baldosas del piso. En cuanto a las palmas del caminito de entrada, las palmeras tumbaglobos, habían crecido tanto, tanto, tanto, que no se les veía el fin, perdidos sus copetes en los nubarrones rojos del cielo, los más rojos, los del último ocaso. La reja de la portada chirrió quejumbrosa cuando la abrí, y el eco adolorido resonó adentro, en el infinito. Era un sueño de sombra y herrumbre. Sobre la alambrada de púas que marcaba el límite de Santa Anita con la finca de Avelino Peña, con su plumaje negro, ensotanados, me estaban esperando para sacarme a picotazos las tripas los gallinazos, los salesianos. Sin sucesión ni cronología, viendo mi pasado entero desde la simultaneidad de la muerte, empecé a caer, a caer, a caer como Luzbel. Tanto caí que se me paró el corazón. Resucité en esta mismísima realidad, o sea en los infiernos.

Salió el sol y cantó el gallo. Tres veces como hace dos mil años cuando negó a Cristo Pedro el claudicante. En las azoteas de la calle Madero de la ciudad de México cantan los gallos, y las campanas de las iglesias llaman a misa.

—Ya voy, ya voy, no acosen, espérenme tantito que me visto para irme a comulgar, a desayunar con hostias.

Que salga el sol para mí no es remedio, el sol es el sol que arruga. Y México es un espejismo polvoso, lejano, un desierto de magueyes y de cactus. Sacan las viejas sus lenguas beatas, sus lenguas puercas, y el cura deposita en ellas la oblea de pan ázimo que encierra al Creador. No se da cuenta este imbécil de que los jugos digestivos de estas brujas van a triturarlo como vulgar comida y a volverlo mierda.

Sal de tu encierro oscuro de la neurosis y hazme caso a lo que te digo, yo que he ejercido veinte años la profesión con el doctor Flores Tapia: no hay mejor psiquiatra que una buena verga, Maruja, lo demás son cuentos. Dale rienda suelta a los desenfrenos de tu imaginación sin importarte Dios ni la sociedad. Dios no existe y la sociedad es una puta entelequia. Tú no, tú eres real, de sangre y carne y hueso. Actúa en consecuencia, en congruencia contigo misma. Después, que se coman los gusanos tu recuerdo.

¿Y yo, cronista de la Muerte y sus hazañas, me voy a ir de este mundo sin acabarme de limpiar el culo con la Constitución de Colombia y los santos evangelios? Injustísimo sería. Dáme, Señora Muerte, unos días más, otras páginas. Pero vete al otro cuarto Peñaranda, que no puedo escribir contigo al lado zumbándome tus pensamientos.

Sin decir agua va, de sopetón, se murió el viejito de abajo y ni me di cuenta. O sea, sí me di pero al cabo de los días y los meses, cuando empecé a notar que algo andaba cambiado en este mundo y pregunté por él.

—¡Cuánto hace que el señor falleció! —me dijeron—. ¡Meses!

—Ah —contesté.

Y pensé: sigo yo. ¡Qué va! El autor nunca muere. ¿Y la botellita de champaña? Se me olvidó; siguió esperando por semanas en el refrigerador. Cuando la abrí, hizo "Pffff…" como un volador vaneado. Sin fuerza germinativa apenas si saltó el corcho. No tuve ánimos de tomármela y la vacié por el desaguadero. Así pasa cuando se vive mucho, que ya no hay amigos ni enemigos y por fin vemos claro: el gran enemigo del hombre es el Tiempo, su meticulosa obra de destrucción. Punto. Abre párrafo, Peñaranda.

La reja del sueño se abre con su quejido herrumbroso y entro a Santa Anita. Entro abriéndome paso por entre la neblina, desgarrándola con las manos en jirones algodonosos. Luego tomo el camino que lleva a la casa. A mi derecha, tal cual lo dejé de niño, está el carbonero. ¿Saben qué es? Un árbol florecido de gusanos amarillos, febriles. Si los tocas la fiebre se te sube a la cabeza y empiezas a delirar, a maldecir en tu desvarío de lo que más quieres, es a saber, en mi caso, de la católica orden salesiana. Reino animal, phylum vertebrados, clase de los mamíferos, orden de los primates. ¡Salesianos! Yo ya no soy yo, y aunque pude escribir un libro recuperando a Barba Jacob instante por instante, poniéndole orden a su desordenada vida, la intrincada madeja de la mía no la desenreda nadie. El destino la enredó, con sus torpes dedos de azar.

¿No has notado, Peñaranda, que llevamos meses de haraganes sin ir a entierros? ¿Qué será? ¿Será que la Muerte se cansó? ¿O será que aparte de ti nadie falta? Esto más bien, todos idos. A todos los hemos ido acompañando religiosamente a la fosa o al crematorio, que está de moda y me gusta. ¿Te fijaste la otra tarde cómo le explotaban las tripas a Morley por el calor del horno? ¡Fantástico! Así en última instancia somos fuegos artificiales, rabiosas lucecitas de colores.

Ese sinfín de contemporáneos nuestros que ya enterramos se fueron todos con un concepto mucho más precario de la muerte que tú y yo, Peñaranda. Nosotros somos verdaderos doctores honoris causa en Thánatos, si así se puede decir.

Decidiendo el destino por mí al azar de no sé qué dados, con un abrigo que me dio en Nueva York Salvador llegué a México una mañana soleada. Salvador, olvidado amigo de anteriores recuentos, también ido… Llegando llegando tiré el abrigo al primer bote de basura. ¡Para qué quiero abrigos que pesan con sol! Otra cosa que tiré en la vida: unos zapatos durísimos colombianos, en Roma, al Tíber. ¡Si pudiera tirar ahora mi pasado entero al río! El Tíber remueve mi imagen y embrolla las cosas. Me deja en su orilla y se va.

En la noche inescrutable, bajo mi ventana, susurra el parque y cantan las ranas, me llaman. Sin saber si la Muerte viene en un rayo de sol, o en el polvo que sube, o en el viento que sopla, o en la lluvia que cae, o en el canto de esas ranas, no sé si bajar. Por ese parque de día pasean las señoras decentes a sus bebés, sus coprófagos, en carritos que en Colombia se llamaban, delirantemente hablando, "abuelitas", y que aquí no sé cómo, ni me importa. El hombre viene del mono y el mono del murciélago, nuestro antepasado común. Y en prueba el sueño arquetípico de que volamos. ¡Claro que volamos, alguna vez volamos! Y ese sueño no es deseo, es recuerdo. Como cuando uno sueña con algo vivido personal, de nuestras triviales vidas, sólo que ahora lo vivido no lo fue por uno mismo sino por la especie entera hace cientos de millones de años y generaciones y degeneraciones y nos quedó integrado, grabado para siempre en la calabaza, en algún rincón soterrado del coconut. ¿Y por qué en vez del murciélago no mejor un reptil volador como el pterodáctilus, o el archaeopterix que precedió a las aves? Hombre, por dos razones. Una, porque aparte de los del PRI o partido de la corrupción institucionalizada de la revolución mexicana no somos reptiles sino mamíferos, como el murciélago. Y dos, porque siempre que soñamos que volamos volamos de noche. ¿O acaso usted ha volado alguna vez de día, sobre una playa, brillando el sol y refulgiendo el cielo, à plein soleil? No me venga a decir que sí por contradecirme que el novelista omnisciente sabe con qué sueña y con qué no sueña el lector. Somos murciélagos venidos a menos, incapaces de levantar el vuelo y sin radar. Si volamos es en sueños, salvando las edades, sobre la vasta noche del inconsciente humano, un pantano.

Patas de Cabra es el Diablo, mi señor. En su profundo reino de los infiernos me está esperando para cobrarme la plata que me dio en vida y que se despilfarraron los muchachos. ¿Y por qué he de pagar yo por lo que se gastaron otros? Renuncio, Peñaranda, a la impenitencia final. Déjame pasar al cura.

Pero que pase despojado, en su prístina verdad, en pelota, con su pispirís encogido, su barriga cebada, colgándole las tetas, y en los ojos una mirada verde, infinita, esperanzada de humildad. Y que no me pregunte mis pecados: todos, que absuelva en bloque. Y de penitencia nada, ya no hay lugar ni para un rosario, este negocio se acabó.

Se le acabó la cuerda al carrete, Peñaranda, y no subió la cometa. De mí no queda nada. Si acaso estos míseros libros sin argumento hechos como mi vida de la trama más deleznable de todas, de efímero tiempo. El carrete loco del Tiempo gira y gira y pasa y pasa y se me deshace en las manos como hilo podrido. Ya sé Brujita que detrás de esa mirada adusta te estás riendo de mí, de mi vida, que te da risa. Ya no te cuento más.

Tampoco anoche me dejaban dormir los musiciens y me tuve que poner a contar ovejas. Conté mil, cien mil, mil millones, un trillón de cuatrillones, hasta que por fin me dormí y soñé con el pastor, con el Papa. Que se pintaba las uñas de los pies de rojo, y que lo sacaban a bailar los de la Guardia Suiza. Durante el baile le salían a Su Santidad cuernos de diablo y sus ojos avezados de malicia diplomática, de falsía atroz, se le inyectaban de sangre de judío. Después se bajaba a las cuevas vaticanas donde se encontraba con su amigo Gide y se ponían a copular con soldados, negritos bereberes reclutados en el Norte de África. Monjitas de cornetes blancos los veían hacer con dulzura, conmovidas por tanta pureza y castidad. Acto seguido entraba al Vaticano, por la Via della Conciliazione, un rebaño inmensísimo de católicas ovejas. Me ponía a contarlas. Conté mil, cien mil, mil millones, un trillón de cuatrillones hasta que por fin desperté. Entonces descubrí la verdad: no eran ovejas, eran grillos.

Y cuando salí de madrugada con la Bruja por el camellón de Amsterdam, me volví a encontrar con el viejito del perro. Él es un viejito semimendigo, como de terracota, y va en bicicleta repartiendo periódicos. Ella es una perrita entre pastor y callejera, oscura, y lo acompaña a todas partes. Se llama, no sé por qué, Berta. Se ve que se quieren, que no tienen más el uno ni el otro en este mundo. Si no padeciera de xeroftalmia, de esta resequedad en los ojos, hasta se me habrían salido unas lágrimas.

—Que Dios le ayude —me dicen el par de señoritas solteronas del puesto de lotería cuando les compro un billete.

—Si Dios me ayudara no necesitaría andar comprando lotería, viejas pendejas. No fue capaz de encontrarles a ustedes marido...

Y nunca más, pero jamás de los jamases, por mi santa madre, les volví a comprar.

Al elegantisísimo restaurante donde esporádicamente como para dejar descansar un poco de mí a la Bruja, cuando ya había terminado y me fumaba el puro se coló un mendigo que fue pasando de mesa en mesa, tendiendo hacia los clientes su sombrero como tiende el cura en misa la bolsa de las limosnas atada a un palo. ¿Cómo es que se llama, Peñaranda, ese artefacto? Yo no sé de esas cosas, ni con qué apagan los curas las velas. El gorro que se ponen en la cabeza es "bonete", ¿o no? Y la combinación blanca de mujer es "alba". Corrígeme si miento... Bueno pues, los clientes le iban echando moneditas al mendigo en el sombrero. Cuando llegó a mi mesa, fingí que no lo vi, y mirando en el vacío, con el índice tieso, le espolvorié en el sombrero la ceniza del cigarro. Justo con ese mismo dedo tieso con que digo: "Te lo dije, te lo dije que iba a pasar". Detesto la caridad y la pobrería. Los pobres son la negación harapienta de Dios. ¡Carajo, por qué no los protege y nos quita este problema social de encima!

Pero más que a la pobrería detesto a la mujer preñada, máxime cuando es india o negra. Se me antoja abortarles a patadas los fetos. El río Magdalena ya lo contaminaron, y ya no canta Leo Marini y se murieron los caimanes. ¿Habrá forma de revertir esta catástrofe? ¿Y cómo? El río no marcha en reversa. Nada vuelve. Si en un oasis del tiempo oigo a Leo Marini, su voz me la encharca la nostalgia. Quiero volver atrás, atrás, atrás, a oírlo en su momento, en los corredores aireados de Santa Anita, sin nostalgia maricona, en su esplendor.

Anda Paz muy envanecido porque llegó a la edad de los homenajes. El mes pasado le hicieron el suyo a Borolas y se murió. La semana pasada a Mantequilla y se murió. Mañana le toca a él. ¿No te das cuenta, Octavio, del peligro? Deja mejor las cosas como están, calladas. Vanitas vanitatis y sólo vanidades. Somos nada, pero nada, Octavio, mierda de perro en medio del camellón.

Los renacuajos que flotan en el semen son cabezones, obtusos, romos, palpitan a coletazos. Impelidos por sus obscenas colas se van derechito a fecundar un óvulo, a inyectarle dejando el cascarón afuera, como un virus, su mensaje genético. Así, sumada a la que ya tiene, toda la maldad del mundo la queda encerrando el óvulo. En esa minúscula criatura pegajosa, microscópica, van tiranos de Cuba, presidentes de Colombia y México, burócratas, médicos, policías, papas y demás rateros, toda la roña mentirosa y extorsionadora. El fantasma del perro López flota sobre las noches de México en sus musiciens. Como maquinitas de coser voladoras, zurciendo la oscuridad, tramito aquí, tramito allá, a veces se cruzan en sus trayectorias imprevisibles y caprichosas con mi tinnitus auris y hacen corto. ¡Malditos! Los acabo porque los acabo aunque tenga que quemar el edificio. Y me voy por los rincones de mi casa con el incensario echando humo y profiriendo latines. ¿Qué hará el inmenso Paz ante esta plaga? Los ahuyentará con sus versos…

¿Cuál sería el periódico en que Saturnino Álzaga Unsué recogía las eyaculaciones de sus amantes? ¿La Nación? ¿El prestigioso diario de los Mitre donde colaboró Rubén Darío? ¡Ah, qué Tunito tan gracioso! ¿Cuánto hace que murió? Años. Saturnino murió después que su mamá, y así a su menguante fortuna personal se le vino a sumar la inmensa de ella. Todo se lo gastó en la obsesión de su vida: culos.

¡Coño, qué bien me veo en el espejo! Quién diría, llegar a semejantes edades con esta pinta… Los mismos bigotes enhiestos, blancos, de mi tío Iván, y la misma frente alta, clara, despejada de mi abuelo. Su misma innata distinción, su mismo señorío, y arriba, aunque escaso el pelo, firme. Haga de cuenta usted un mariscal de campo, un zar, un káiser. Quién mejor para presidente vitalicio de estos países y que les dé prestancia en el extranjero, no como estos mequetrefes de Colombia y México, estos alfeñiques, estos fetos.

—¡Qué! —van a decir de nosotros—. ¿No dan para más sus países? ¿O es que no les cuajó la leche?

Me miro en el espejo y me sonrío. ¡Qué pinta, carajo, qué estampa! Qué reposo en las maneras, qué sobriedad, qué elegancia… Para lo que sí no serviría (la verdad sea dicha porque por la verdad murió Cristo) es para Papa, sería un miscast. Me falta en la mirada ese toque siniestro de falsedad rabiosa del cardenal Pacelli o del cardenal Montini, que tanto los caracterizó y les dio tanto éxito. ¡Claro, como traían a su señor Luzbel adentro mirando por sus prestados ojos! Jamás sonreían para no dejarse ver el colmillo draculesco tinto en sangre. Mas lo que sí no me pienso poner, y por favor no me lo rueguen para no tener que negarme, es ese trapo ridículo de la banda presidencial. Como tampoco me he ido de gira por los cinco continentes dando conciertos en mi piano Steinway vestido de mesero… Después de la presidencia de la República la secretaría de la ONU, y después la del Consejo Supremo de los Infiernos (el COSI) para quemar en la paila mocha a cuanto burócrata me encuentre sobre la faz de esta tierra. ¿Servidorcitos públicos a mí? ¡Rateros! Y no me pidas, Peñaranda, que no queme, que eso es como pedirle al viento enfurecido que no ruja.

¿Viento dije? ¿Cuál de todos? Pues el de la rabia, tonto. Ah, perdón, perdón, perdón, es que como hay tantos vientos… El viento de la fortuna, el viento del olvido, el viento del cambio, el viento de la desgracia, y vientos y vientos y más vientos, de toda índole y ralea y condición. Y yo, discutidor de verdades eternas, pez que no traga anzuelo, me pregunto: ¿Por qué andar ligando con la preposición "de" cosas tan ajenas, pegándolas como con mocos? Decimos "la casa de Pedro" y está bien, ahí ese "de" está bien, quiere decir que

Pedro tiene una casa. ¿Pero el viento "de" la fortuna? ¿O el fantasma "del" hambre? ¿Es que acaso la fortuna tiene un viento, y el hambre un fantasma? Lo más que te acepto, Peña, es que el fantasma tenga hambre, pero no al revés. Detesto al cura, al pobre, al burócrata, al médico, al policía, la metáfora y la novela. ¿Metaforitas a mí? El viento del engaño sopla sobre la literatura y barre el polvo del olvido. ¿Lo barrió? ¡Contratado! En este país donde ya no hay sirvientas porque todas andan preñadas o de candidatas del PRI (partido dueño de la revolución mexicana y sus inconmovibles verdades), tocará contratar al viento para que nos venga a barrer la casa. Abre, Peña, de par en par las ventanas y que pase ese fulano. Pero no, mejor no, mejor dejémolas cerradas que nos va a empolvar los tapetes persas y a resultar como la susodicha, que trae polvo y después lo barre. Polvo de mierda.

Muerto Chateaubriand y enterrado el clausulón, no nos queda a los autores más remedio que la frase corta. Se acabaron, ay, para siempre los largos períodos retumbantes, sonoros, de la gran oratoria, con sus paréntesis, relativas, incisos, repeticiones, prolongaciones, exsuflaciones, arrastramientos, recargamientos, amontonamientos, apuntalamientos, descarrilamientos, comas, puntos y comas, rayas, mojones, apéndices, colas, ahogos, jadeos, llamadas de atención, avanzando la frase como un carrito Studebaker viejo por esas carreteritas entrañables de Colombia, de curva en

curva, de bache en bache, esquivando los bandoleros y los voladeros, sin seguro de vida y sin asfaltar, de vereda en vereda, de varada en varada, de
parada en parada, tomándonos un aguardientico
aquí, otro aguardientico allá, uno en la cantinita de
arriba, otro en la cantinita de abajo para ir acostumbrando el oído a los desniveles y repetidos cambios
de clima, del frío al caliente, del caliente al frío, ese
pasar de tierra fría conservadora a tierra caliente
liberal porque así es, así es allá y así lo han hecho
ver los sociólogos, que no se puede vencer al ancestro, pero acelerando, eso sí, acelerando en la rec-
ta, acelerando, acelerando hasta que ¡pum! se tronó
el cigüeñal y el Studebaker se despanzurró y el pa-
seo se acabó y la frase se quedó en puntos suspensivos como un coitus interruptus…. "Lo único que
tiene importancia es si la mujer encuentra satisfacción en el coito o no", Wilhelm Stekel, palabra
de Dios. Pero, agrega más adelante este autor, "el
congressus reservatus mediante el preservativo no
es pernicioso para la mujer". Ah… ¿Y la opresión
y las palpitaciones en el pecho qué, doctor? Nada. Es la temblorina o myotonoclonia trepidans
de Oppenheim.

Reposo, Peñaranda, es lo que te hace falta. Reposo, reposo. Has leído demasiado y tienes demasiada basura enciclopédica arrumbada en el desván,
en la mansarda de las tejas sueltas. Borra, borra en
tu memoria, vuelve a la tabula rasa de la infancia,
llénate de futuro, despójate de pasado y ten pre-

sente que: el río no corre en reversa. No quieras volver a Medellín porque no encontrarás nada de lo que dejaste. Muertos y muertos y muertos.

Brujita: A ti que es a quien más he querido en este mundo una cosa te quiero decir: que no, que he querido más a la abuela. ¿Y por qué estas graduaciones en el amor? Hombre porque estudié con los salesianos y siempre hay un primero, un segundo, un tercero, un último en sus clases. Es la pedagogía infalible de Juan Bosco, amante de Dominguito Savio. Brujita: ¿Sí te acuerdas cuando te trajeron a mi vida, a esta tu pobre casa? De un mesecito escaso, no llegabas enterita al tamaño que hoy tiene tu cabeza. Entraste y orinaste, ¡jua! Justo en el quilim marroquí que me vendió un lenón tunecino. ¿O fue al revés, era un quilim de Túnez que compré en Marruecos? Ya no sé ni dónde tengo la mano izquierda ni dónde la derecha, además de que nunca he sabido en qué sentido giran las manecillas del reloj. Sé que seguirán girando hasta mi muerte. "Ahí no", te dije y del quilim te llevé a una iglesia: "Ahí", te indiqué, pero no te dejaron entrar dizque porque no te habían bautizado, como si eso fuera óbice. Los curas entrarán a sus iglesias pero jamás al cielo. Ése está reservado para ti, para los perros, que son santos. Que no conocen la malicia, que no conocen la codicia, que jamás mienten, que son humildes, que no tienen, como el hombre, podrido de odio el corazón.

¿Y sí te acuerdas, niñita, de que te daba leche en un biberón? ¿Y de esa noche en que te atropelló un carro por el parque y te pusiste a chillar, y los perritos callejeros a ladrar en coro? Y yo, que entiendo el lenguaje de los animales, entendí al punto lo que estaban diciendo: estaban hijueputiando al chofer. Creí que te morías, creí que me moría, pero no, fue un rasguñón, un susto, y aquí estamos, diez largos, felices años después. En enero vas a cumplir once, el seis, día de los Reyes Magos.

Sobre mi Medellín, en la alta noche estrellada, al borde del voladero, arde una cantinita que responde al nombre de "La Quinta Porra": allí bailan hombres con hombres, viejos lujuriosos con muchachos gasolineros, y se violan de paso todas las leyes del mundo y de Dios. Allí estoy yo, estuve yo, sigo estando porque para mí el tiempo no ha corrido un ápice ni la tierra dado una sola vuelta. Ahora toca el traganíquel un pasodoble y Esteban Vásquez, que tiene mujer, hijos y nietos, baila sobre una mesa vestido de manola. Mea culpa por mis pecados y los ajenos. Por no encontrarme con Pío Doce en el lóbrego infierno, llámame, Peñaranda, al cura, que le voy a contar lindezas. ¡A un lado, diablos, que me están apestando el pasillo y no dejan pasar a su reverencia! Pase, pase, adelante. ¿Que qué son muchachos gasolineros? Muchachos que sólo tienen erección, padre, cuando respiran el olor de la gasolina que es la que mueve al mundo, los carros y las motos, condición sine qua non. Pero una cosa sí le recomiendo: que si les da moto o carro no les entregue la matrícula, o sea los papeles de propiedad de los mismos, porque en los mismos se le irán, y hasta el sol de hoy. Déjelos que manejen, y usted vaya a su tibiecito lado haciendo con ellos lo que se le antoje, pero ojo a los rodaderos que por uno de ésos me fui yo por andar distrayendo al chofer y casi paro en los profundos infiernos. Caímos y caímos y caímos, sin acabar nunca de caer, dejando tras de nosotros un rastro de maleza chamuscada. Pero yerba mala no muere como dicen, y aquí estoy, aquí estamos, recordando, y hablando a ratos, padre, en pluralidad ficticia como obispo. Por ésas me da.

La novela es un género manido, un chorro seco, se acabó. También los tiempos de andarle dando coba al lector como si fuera una eminencia y el autor un pendejo. ¿No será al revés? Nunca un autor debe rebajarse al nivel de sus lectores: debe subirlos, como del culo, a su altura, levantándolos del cieno de la ignorancia. ¿Cieno "de" la ignorancia? ¿Es que la ignorancia tiene un cieno? Ajá, es un pantano.

Y mea culpa, padre, de paso, que también fui travesti. Me vestía de cura, como usted, y con mis dos hermanos celebrábamos misa de tres padres. Como no teníamos sotanas, nos poníamos las levantadoras o batas de baño. De alba, las combinaciones de Liíta, y de casulla las carpetas del piano. De altar la mesa de planchar. Todo lo suplía la imaginación. Eso sí, celebrábamos en latín, no como estos curas ignorantones modernos que cantan misa en lenguaje vernáculo y así, claro, ya nadie les cree. ¿Quién va a creer esas soseras bíblicas, evangélicas, en español, con una sintaxis más pobre que una carreta ayuntada a un burro? Yo, definitivamente padre, soy del tiempo de antes, de la casuística y el latín con olor a incienso, efluvios de tiempos idos. Va y viene ahora mi incensario como un péndulo humeante por los rincones de la noche ahuyentando a los musiciens del perro López que no dejan dormir y convocando los recuerdos. Iglesita del Sufragio donde me bautizaron y mi abuelo, mi padrino, renunció por mí a Satanás y su pompa. Hiciste mal, Leonidas: a cosas ajenas no se puede renunciar sin el ajeno consentimiento. ¿Y quién te lo dio, si estaba en pañales? Renuncio ahora a mi renuncia a Satanás y de paso, en papel sellado, a Colombia, a España, a Cristo, fardos que no dejan alzar el vuelo. España clerical y tinterilla, palaciega y lambiscona, hincada ante los caprichos de un dizque rey, un zángano, su mujer y sus hijos y las "infantas". ¿Infantas? ¡Qué de vejeces en un mundo nuevo! Va y viene mi incensario como el péndulo del tiempo borrando con su humo de olor falaz el presente.

Por esta sangre mía catastral, judicial, administrativa, procedimentera, española, circula el virus raro que tocó a Alonso Quijano y a Teresa de Jesús. Con un zurrón, por Castilla, se fue esta santa mujer fundando conventos, centros de lesbianaje, vive Dios, que es lo que habrán sido porque

¿qué otra cosa pueden hacer monjas solas? Entraba un cura a confesar y florecían los geranios luminosos en los tiestos del patio abonados con fetos. País cerril es España, nación de católicos advenedizos que se creen dueños de Dios y el Papa. Yerran. España no da para Papa, da para sacristán. Rúbricas, timbres, estampillas, ordenanzas, bedeles, cerrazón, fanatismos, desmanes, antesalas, penumbras. Pon también, Peña, en mi testamento de renuncia a Antioquia, a Antioquia la zafia, y quema mis alfombras persas no las vayan a pisar pies ajenos, los pieses de Zabludovsky.

El Tiempo gasta a la gente y desportilla las palabras. Por los desportillamientos se les sale el sentido, se van vaciando de alma... ¿Quién dentro de un siglo sabrá qué es un zaguán? Por un zaguán de una casa de una calle de un barrio de Medellín, departamento de Antioquia, entra y sale mi infancia. Me desdigo, Peña, de lo que dije de Antioquia. Tacha mi renuncia a Antioquia que antes de morir voy a volver, a lo que sea, a mirarme aunque sea en su río vuelto una alcantarilla, impasible, sereno, a verlo llevarse entre la mierda estas venerables ruinas.

Tonino Dávila no sabe cuántas vueltas ha dado el mundo desde su muerte rabiosa, ni de lo que se ha perdido o escapado. Es a saber: el radio, la televisión, el comunismo, el homosexualismo, el teléfono, la plancha eléctrica. Pero por sobre todo y antes que nada, el desplome, el derrumbe, el desbarajuste espléndido, fenomenal, magnífico, de la

Católica y Santa Madre Iglesia, madre antes de tantos y hoy de nadie. Se le desbalagaron las estúpidas ovejas y se fueron a bailar a las discotecas y a comprar en los Centros Comerciales como el del Seminario Mayor de Medellín en que lo convirtió la Curia. ¡Pero qué vas a saber de Centros Comerciales, Tonino, si ni conociste los grandes almacenes! Ni el Ley, ni el Tía, ni el Caravana donde te vendían de todo, desde unos calzoncillos largos de viejo y un carrete de hilo, hasta un destornillador y un tornillo. ¿Y anzuelos? ¿Para qué quieres anzuelos si no hay peces, si no hay río, si el río ya lo mataron y lo volvieron lo que dije arriba, el cauce de una cloaca en que no se puede mirar ni la nostalgia? En la indetenible corriente de las cosas, Tonino, todo se desvanece, todo cambia, y el río de Heráclito es una alcantarilla. Sobreviviente de tantas muertes espero no morir de tifo y durar hasta verle la cara al Anticristo. ¿De qué vendrá travestido? ¿De Papa?

Tonino Dávila murió de desesperación, de miedo, aterrado ante el porvenir, tapándose con las manos las orejas, los sesos, para no oír el motor de un carro resoplando. "¡Quítenme las ruedas de esa cosa de encima!" suplicaba. Con "cosa" quería decir carro, automóvil, y con "ruedas" llantas. Así murió, colérico, aterrado. Sic transit… ¡Cataplum! La Muerte salió de su cuarto dando un formidable portazo.

Quedamos en que sí, o sea que no. O sea que siempre sí voy a volver, que siempre no renuncio a Antioquia. ¿Quién dice de esta agua no beberé? Yo nunca digo nunca, no me atrevo a comprometer, para siempre, el porvenir.

Por trochas y atajos se va mi recuerdo al río, a un charco del río Medellín transparente, límpido, donde se ven, coleteando en sus tersas aguas, las sabaletas, y arrastrándose por la arena blanca del fondo las escurridizas angulas. No las agarra nadie, son resbaladizas, momentáneas, se van. Los que nos bañamos en el charco somos niños. Sobre nosotros, por el cielo dominguero, pausadamente, planean los gallinazos negros color de muerte.

Por donde mire veo la obra infame de Dios: arriba en el cielo de los buitres, abajo en el mar de los tiburones. En el cielo claro, en el abismo tenebroso. En los socavones por donde se van, hacia la muerte, mis hermanas las ratas. Un día de éstos salgo a comulgar (si es que queda iglesia abierta), y les voy a echar la tal hostia por las alcantarillas para que se alimenten, al menos espiritualmente. A mí el dolor de los animales es el que me duele; los costados sangrantes de Cristo me dejan como si tal, como a Roberto Pineda el sordo oyendo a Verdi. Por donde mire veo la obra chambona del Creador: sus criaturas comiéndose unas a otras. A eso se reduce la Divina Providencia. Al lado del Monstruo, Satanás es un Santo. Y estas ansias irredentas de irme al cielo para no encontrarme con Pío Doce en los infiernos… No sé por qué, pero le tengo pavor a ese señor.

Incesante trabajadora es la muerte. Mata aquí, mata allá, no da tregua, arma un tumulto. Ya se escabechó a Roberto Pineda Duque mi profesor de armonía, sordo como Beethoven pero del alma. No distinguía un do de un re y componía en si sostenido mayor menor bemol. Infinidad de sinfonías compuso, y sonatas, tocatas, cantatas, cantaletas, alpargatas dodecafónicas, cacofónicas, cacorras, en el susodicho tono incierto. Pero su obra cumbre es la música incidental, con orquesta grande a lo grande, a lo Berlioz y coros, terneros capones y marranos, para el "Edipo Rey" de Sófocles. En ella el oyente se tapa los oídos y Edipo se saca los ojos. La música, en Antioquia, vive Dios, no se nos dio. A su muerte le hicieron a don Roberto en Santuario, su pueblo, un homenaje póstumo con el "Requiem" de Mozart y salió muy bien. A mí que me lo hagan con lo que quieran menos con versos de Octavio Paz porque me les voy a salir del féretro. A Roberto Pineda Duque ya se lo presenté al lector páginas y libros atrás, pero el lector es voluble, caprichoso, olvidadizo, y hay que estarle recordando constantemente las cosas. No registra, y lo poco que registra lo olvida al instante. Más de tres o cuatro personajes se le enredan y apuesto a que no sabe latín. El lector es simplista, incompetente, morboso; quiere que le cuenten cómo entra detalladamente el pene en la vagina. Y traicionero además, cambia de autor. No me merece el menor respeto.

Otro habitué de estos libros que también piró fue Marujita Díaz, de Manizales, hombre con nombre de mujer, cojo, contrahecho y piriforme. Pero digo mal, no piró, lo piraron, de un varillazo en la cabeza por una de esas calles en falda de tan famosa ciudad, cuna y semillero de sodomitas famosos: sin parar en el mezanín cayó de bruces en los infiernos. ¡Plas! Hasta arriba les salpicó a los asesinos la brea ardiente de la paila mocha.

Por un boquete en el piso por el que veo el infierno, veo junto a Marujita Díaz, de Manizales, a Álvaro León Muñoz Cajiao, de Popayán. En esta vida, hasta donde sé, no se conocieron: se conocieron en la otra, en el Más Allá o Más Abajo, en los bituminosos reinos de Belial. En estos justos momentos les están cauterizando todas las aberturas y orificios de entradas y salidas por donde pecaron. Pero el humero no me deja ver. Humero, ay, como dicen, por humareda, en Antioquia… Álvaro León murió con muerte instantánea de una cuchillada marranera ab intestato. De todos modos nada dejó, ganaba poco y lo poco que ganaba se lo gastaba en muchachos. ¿Por qué lo mataron? Misterio. No sufrió. "Sin preámbulos ni sufrimientos transpuso el umbral de la eternidad", dijo en su entierro un jesuita facineroso. De lo que no dijo ni una palabra este orador bossuetiano fue de la intensa vida de lujuria que llevó su difunto. De eso ni oxte ni moxte.

Cierro un ojo y veo vívido, bizco, a Marujita Díaz con el suyo bailoteándole al son de las bellezas. Durante su contrahecha y detractora vida, mintiendo con la verdad, devoto él como el más devoto del trabuco del bandolero, tremendos artículos escribió en el periodiquito de Manizales contra sus correligionarios, los gustadores de sus mismos gustos y sectarios de su misma secta. Por eso se condenó, por su deslenguada lengua. Ahora se la están cauterizando en el séptimo círculo. Voy a rezar un rosario por él por no dejar, porque si se condenó no sirve, es pólvora en gallinazos: se reza por quien se calcula que está en el purgatorio; para los que están en infierno o limbo rezos no sirven, no sirven rezos.

Dice Elenita que no pudo dormir anoche, que no pudo pegar un ojo por la "fatiga". Y yo, su sobrino nieto que la quiere (el único que la quiere y aun después de tantos años que llevamos muertos), le pregunto:

—¿Fatiga por qué, Elenita, si lo único que te vi hacer en el día fue regar unas macetas? ¿Por tan poquita cosa estás cansada?

Es que "fatiga" para Elenita es "hambre". ¿Por qué? Vaya a saber Dios por qué, por deslizamientos semánticos. Pues eso que estás haciendo, Elenita, no está bien, es peor que poner una bomba en la catedral, es terrorismo verbal. Estás boicoteando la torre de Babel, el Empire State. Ya estás como ese zanuco del locutor Zabludovsky, desconchiflando a diestra y siniestra las palabras. Pido para este dañino engendro la pena capital, entendiendo por capital, que viene de "caput", cabeza, que le bajen la suya de marciano aunque sea en una guillotina de imprenta. ¡Ándenle, órale, cabrones!

Y por el boquete que dices ¿se ve a Hernando Giraldo también? Cosa rara, no se ve, ha de estar en un círculo especial para él. Como fue seminarista… Mirando la otra noche por el boquete me llevé el gran susto: me vi: allá abajo, muy abajo, entre la humareda policroma de las profundidades humosas ¿yo, el santo? ¡Qué va! Era mi reflejo en el cobre de una paila recién bruñida. Me sustraje del fuego eterno con sólo alejarme del borde y la impenitencia final. Confieso, padre, lo que quiera y mucho más, mea culpa. Borges tiene un aleph por donde ve el Universo; yo tengo un boquete mucho más entretenido, mas como me pone tan nervioso lo voy a mandar cerrar.

Y que empieza a zumbar en el oído, como enredándoseme en el tinnitus, la letanía de los muertos. ¿El cura Pérez? Muerto. ¿Germán Castillo? Muerto. ¿Roberto Quintero? Muerto. ¿Camilo Correa? Muerto. Muertos y muertos y más muertos y ni quién se acuerde de ellos y ni sepa quiénes fueron. Grandes señores de mi juventud, cuando andaba con lo del cine. Voy a rezarles ahora, por si les sirve en la otra vida, las estaciones del subway de Nueva York: Forty Sixth Road: Ora pro nobis; Hunter Point: Ora pro nobis; Vernon Avenue: Ora pro nobis; Grand Central: Ora pro nobis… ¿Me bajo en Grand Central a hacer el cambio, o me sigo hasta Times Square, la esquina del tiempo? Negros, puertorriqueños, polacos, rusos blancos, amarillos, rabinos, Doc Savage, Hitler, Sherlock Holmes, La Araña… Avanza la multitud atropellándose como ganado en estampida. Extraviada mi juventud en estos socavones, sin saber adónde voy ya ni sé de dónde vengo.

Brujita: De estas desmanteladas ruinas que ves lo que sirva es para ti, para cuidarte y quererte. Tú que tienes la propiedad de quitar el tinnitus por contacto y de regular el sueño díme una cosa: ¿Sirve de algo la psiquiatría? ¿Cura? ¿Redime? ¿O está tan en bancarrota como Marx? Desde el incierto puente del presente que se desploma miro el lodazal de las aguas del tiempo corriendo abajo, arrastrando muertos y muertos y más muertos y gallinazos encima de barqueros, guiándolos hacia la eternidad. Mitras, solideos, tiaras, birretes, coronas, mantos reales, harapos… Es el río de la muerte. Pero tratándose de Medellín el río ya no es río, el río ya lo secaron: es la quebrada del barrio La Toma, un arroyo turbulento con alma de cloaca. En mi recuerdo inundado, rebosado por los muertos, veo irse en sus turbias aguas a Medellín, mi Medellín que me vio nacer, que me ve morir, de coca y muerte y marihuana. Medellín con sus ladronzuelos gallineros vueltos capos, sus atracadores, sus secuestradores, sus obispos, sus arzobispos, sus putas, sus maricas, sus jueces, sus alcaldes, sus rábulas, sus tinterillos, sus mercanchifles, sus borrachos, sus marihuanos, sus curas párrocos, sus notarios, sus sicarios. La Toma es un barrio de camajanes: rufiancitos cuchilleros que oyen tango y fuman marihuana y en un descuido te despachan al Más Allá, sin reloj para ver el tiempo y en pelota. Pues desde la calle Caracas de mi barrio de Boston se divisaba La Toma: abajo en el fondo del barranco, con sus casuchas y su quebrada. De niño solía pasar por esa calle a detenerme un instante para echar un apurado vistazo. Un día vi a un viejo inclinado en el puente viendo pasar cadáveres: vi el futuro, me vi. Me recuerdo muy bien, con todo y lo lejano: veo al viejo, veo el puente, veo yéndose las aguas. El puente es un mísero puente de tablas y se mece peligrosamente, incierto.

Anda México todo alborotado por la entrevista de la otra noche en televisión con la actriz Félix, la mujer más bella, la mujer eterna. Tanto ha vivido, y tan bien, que sin darnos cuenta rebasó la vejez y se nos volvió como los poemas de Barba Jacob, intemporal. O sea, intemporal ella e intemporales ellos, hoy no estoy asuntando muy bien de la cabeza. Pues de cuando en cuando, cada diez o doce años, después de muchos ruegos y promesas de más perlas, condesciende a una entrevista. Ya saben los periodistas qué le pueden y qué no le pueden preguntar, y si no aténganse. Sálganse un ápice de lo que a ella le gusta y les contesta con cuatro piedras en la mano y los descalabra. Le tienen terror pánico. Llegan con ella y se les obnubila el cerebro, se les entorpece la lengua y la sangre no les irriga los pies. Los pieses de Zabludovsky, al que le dijo una vez judío marica. Si el entrevistador es hombre, el pipí se le encoge; y a las entrevistadoras se les caen las tetas. Una pregunta de rigor, infaltable, que le encanta, es: "¿Cuántos maridos ha enterrado, señora?" ¿Ella en entierros? ¡Jamás! Con el dedo meñique ella manda enterrar. Así, por interpósita persona, ha enterrado a actores famosos, músicos, millonarios, cantantes. Y se diría que con su sangre se alimenta, como el conde Vlad, porque sale rejuvenecida y a ellos los deja como deja la cirrosis al borrachito, en los pelados huesos. Después manda tirar al hueco las tibias y la calavera monda. Y la entrevista transcurre fluida, como ella quiere, sin contratiempos, y sin que haya surgido hasta ahora el chingón, el verraco que se atreva a ponerle el cascabel al gato. Es a saber, preguntarle: "¿Cuántos años tiene, señora?" Yo no sé cuál podría ser su atrabancada respuesta, pero sí sé que es una pregunta necia: tiene tantos, por consabidos, que por lo tanto son muchos más. Los años le soplan encima como sobre las pirámides la arenilla del desierto, sin hacerle mella.

—¿No me ven?

"¿Y cuál es el secreto, señora?" Tampoco se le puede preguntar, pero todo el mundo lo sabe porque todo el mundo lo dice: es que ella sólo come pollo hervido y se mantiene en remojo. Le encanta también que le pregunten por sus premios y sus riquezas, y decirle de paso al presidente, con valor, con huevos, cuatro verdades: que saque a la pobrería de la Plaza Mayor, del zócalo. En lo cual estoy absolutísimamente de acuerdo. Pero no del zócalo: de la ciudad, de este mundo. Detesta al pobre casi tanto como yo y por eso me simpatiza. Por eso cada diez o doce años, cuando da la entrevista, no me la pierdo.

Arman sets, prenden reflectores, traen floreros, montan el tinglado. Idas, venidas, atropellamientos, carreras, de la chingada. Sale ella entonces de la tina de los afeites, se pone sus joyas, se chanta "sus trapos", y luces, cámara, aquí me tienen, "Véanmé". Y entonces el pavo real, bajo el encandilamiento de los reflectores y ante el país lelo y veinte cámaras, despliega el prodigio de su cola. Y dotado el pavo real de la voz del loro, empieza a hablar, a hablar, a hablar, de ella, de ella, de ella, como Cuevas habla dél, dél, dél. Y como es para televisión y una imagen vale más que mil palabras, saca un arrume de fotos, y mientras la cámara respetuosa se va acercando, piano piano, ella, condescendiente, las va explicando con su propia voz (ronca): Yo con Eva Perón. Yo con Renoir. Yo con Ives Montand. Aquí en Aranjuez con el rey. En ésta en Estambul con el sultán. Y en esta otra en el Eliseo con el presidente de Francia. Aquí me ven bajando del avión. Y aquí bajando una escalera. Aquí estoy con Victor Hugo. Aquí con Napoleón. En ésta con el Papa. Yo aquí, yo allá, yo acullá, con fulano, con zutano, con perencejo. Aquí estoy en Cannes. Y aquí en el hipódromo de Saint-Tropez con el mejor jockey del mundo y mi caballo Sansón. Éste es mi loro Tito. Éste es mi perro Armando. (Están en la foto, no en persona en el set correteando porque también ya los enterró). Mi apartamento en París, mi veraneadero de Cuernavaca, mi mansión en Polanco. Mis tapetes, mis jarrones, mis alfombras, mis Riveras, mis Renoires, mis Cezannes, mis cristales, mis samovares, mis consolas, mis candiles, mis sofaces, mis sillones, mis jardines, mis sinsontes, mis turpiales, mis cueros, mis pieles, mis sedas, mis botas, mis criados, mis cuadros, mis joyas, mi culo. Yo, yo, yo, mi, mi, mi. Alza la cola espléndida de pavo real para recibir al viento, e hinchada por el viento de la vanidad se vuelve una veleta huracanada. Gira y gira y gira hasta que ¡pum!, de sopetón, para. Para sin decir agua va, por arbitrariedad, por capricho, y como habla tan buen francés, sin acento, "Voilà", dice como María Antonieta acabando de tocar el clavecín, y da la entrevista por terminada. Y sin pedir perdón por haber vivido tanto, contaminado tanto, se levanta y se va. Se va a su casa, a ponerse otros diez o doce años en remojo, en cremas, en afeites, en ungüentos faraónicos, y hasta la próxima entrevista dodecanal. Y nosotros a esperar otros doce años, otro decágono.

Hoy amanecí con el tinnitus exacerbado, zumbándome el Universo. Mi buena estrella, mi buen talante, mi juventud radiante... ¿Cómo es que le dicen a la actriz esa? ¡La Doña! Eccole, la Doña. Por antonomasia le dicen "La Doña". Pero como esta raza es tan maliciosa y alburera, uno no sabe si es para bien o para mal. Debe de ser un elogio insultante... ¿Y el tinnitus, qué pasó con el tinitus? Ah, se me fue... Se me va cuando no pienso en él. El tinnitus es como Dios Padre que no existe si uno no dice que existe. ¿Y si existe dónde está? ¿En un locus amoenus? ¿En el lugar beatífico donde cantan la fuente y los ruiseñores? Cantarán los ruiseñores pero no los pobres insectos que se comen. Para éstos Dios es un Monstruo. Por donde mire veo su obra de perversión.

"La Revolución es eterna", dice una valla a la salida del aeropuerto habanero recibiendo al viajero. ¿Eterna? Si lo único eterno, comandante Fidel, es la eternidad. Se muere el rey, se muere el papa, se muere el asno de Jalapa. Eso sí, reconozco, acepto, la revolución cubana es eficaz y autosuficiente; todo lo tienen, no necesitan de nadie. En Cuba no hay colas, no hay escaseces, no hay analfabetismo, no hay hambre; todo el mundo come bien, bebe bien, duerme bien, bajo techo. ¿Y desempleo? ¿Hay desempleo? ¡Qué va a haber desempleo si allá nadie trabaja! Entonces eso sí es el paraíso. ¿Qué hacemos aquí, pendejos? ¡Secuestrémonos un avión y vámonos!

¿Vámonos? Ésa fue la palabra que movió la vida de Barba Jacob, de aquí para allá, de allá para

acá, de Guatemala en Guatepeor y hasta Honduras que es el culo del mundo. Ah no, digo mal: es
Nicaragua. Pero los sandinistas, comunistas, castris-
tas, van a hacer de ese terregal un paraíso. Otro.

Vámonos, vámonos, vámonos, todo el mundo se va pero yo sigo aquí avecindado, radicado,
habiendo echado raíces pero en el aire. ¡En el aire
donde Bolívar edificó un continente! Bailaba muy
bien el enano pero jamás guerreó, jamás cruzó su
espada con nadie. Cuando se le presentó la ocasión
y los enemigos invadieron su casa (en la nefasta noche septembrina), saltó por un balcón y huyó. Se
refugió bajo el puente de una quebrada, y le vino
un enfriamiento con tifo y murió. Por andar hu-
yendo de unos pobres conjurados lo agarró la Muerte. Como las aéreas melenas que colgaban por los
corredores de Santa Anita, yo he echado raíces pero en el aire. Ya no opongo resistencia, me dejo llevar, y ahora me mece el viento.

Medellín está preñada. Siempre y constantemente y sin descansar. Pare y se embaraza, pare
y se embaraza. Y así, de parto en parto y por más
que mata, crece y crece y crece y montándose por
las montañas anda empecinada en que toca el mar:
lo quiere volver como su río, un mar de mierda.
Con perdón.

Y no más digresiones, basta, pasemos a lo
substancial. Al testamento, Peñaranda, a lo que te
voy a dejar. Mis acciones, mis urbanizaciones, mis
valorizaciones, más mis alfombras persas y mis va-

lores contables y mis propiedades raíces, para el Refugio Franciscano donde quieren a los perros. Mis manuscritos para ti, para que con devoción los publiques y los expliques y los des a conocer por los cuatro vientos hasta que se concreten en todo su genio y figura. No se te olvide ponerle también a la Bruja, de cuando en cuando, en su tumba, una flor. Y si te preguntan por mí, no des razón. Ni una palabra. Nada sabes, nada oíste, nada viste.

Hombre, yendo como estos libros sin prisa ni rumbo fijo, bien podemos bajarnos en cualquier cantinita del camino a tomarnos un aguardiente. En ésa, por ejemplo, la de la tapia donde anuncian la Urosalina. ¿Urosalina? Ajá, Urosalina: U-ere-o-ese-a-ele-i-ene-a. ¡Urosalina! El remedio más milagroso, que curaba desde la diarrea y el antojo de vieja hasta la vejez. Curaba, ya no cura más porque ya no se consigue en las boticas porque ya no hay boticas porque las reemplazaron las farmacias y a las farmacias las droguerías donde no tienen ni árnica. Esto que estamos presenciando, señores, es la decadencia del mundo. Y la más absoluta prostitución de la medicina. Cada día los médicos curan menos y cobran más. El mundo sólo cambia para mal, ¿quién fue el que dijo? Cualquier viejo en desgracia peleado con su país y su tiempo, reñido con la realidad en la que ya no encuentra acomodo y de la que se va a despachar, como el poeta Silva, con una pistola vieja que le haga ¡pum! en el centro del corazón.

—¡Urosalina! U-ere-o-ese-a-ele-i-ene-a —decían a toda carrera por la Voz de Antioquia.

Ya no dicen más pero me lo repite adentro la voz del viento. En la tapia cuarteada por los años el viento deletrea como un niño Urosalina.

—¡Urosalina! ¡U-ere-o-ese-a-ele-i-ene-a!

Creo alcanzar a ver también, sobre la susodicha tapia, el revoloteo de unos gallinazos rondando el platanar. ¿Qué andarán pisteando? ¿El cadáver de un liberal macheteado? Pues se le comerán las tripas pero la lengua no porque ya se la sacaron los conservadores:

—Pa que no le grités más vivas al partido liberal, hijueputa.

Los liberales no creen en Dios, como yo. Pero yo soy conservador por tradición.

Me tragan, me tragan, me tragan las arenas movedizas del pasado y el presente desaparece. ¡Cuánta manía, cuánta maña, cuánta obsesión! Me están arrastrando hacia el fondo mi niñez bobita y mi atolondrada juventud. ¿Cuál va a ser mi última imagen? Me conformo con antenas de televisión sobre un techo, pero un tejado alegre de tejas bermejas, dominando mangos, naranjos y un platanar.

También pasé por el Cañón del Zopilote y vi a la Muerte llamándome, encaramada en un cactus.

—Ven, ven —me decía.

Y yo:

—Ya voy, ya voy.

Y todavía me está esperando: me seguí a ciento veinte, ciento treinta, ciento cuarenta acelerando, por una carreterita estrechita y curvosa. Maniobras de volante, frenos, hijueputazos: en una de esas curvas, por sacarme el cuerpo, se desbarrancó un truck. Se ha debido de contentar la Muerte con el chofer. Claro, lo que ella quería era un filósofo, pero no. "Hoy no hay", como les dicen a los pobres. Y el filósofo, muy satisfecho consigo mismo y su forma de manejar, se siguió a Acapulco, a tomarse en la playa de La Condesa un coco loco, que lleva: agua de coco, vodka y limón. Si quieres y no estás muy gordo le puedes poner azúcar.

A mi memoria, que es un desván atestado, un basurero, ya no le cabe más. Si quiero meter a alguien tengo primero que sacar a otro. Voy a sacar por lo pronto al profesor Montefiori del Centro Experimental de Roma que me está estorbando: profesor de historia del cine, gordito él y polifacético. En la sala oscura y silenciosa, de pie a un lado de la pantalla, ante el bailoteo de las luces y las sombras iba explicando: "Ecco qua a Lia di Putti, bella, bella". Hoy hablaba de Lia di Putti, mañana de Gloria Swanson, pasado mañana de Perla White, con tal placer y delectación que diría uno que se las estaba acostando. Pero no, era puro amor platónico. De vejeces cinematográficas sabía lo que nadie y lo sabía explicar. Era una enciclopedia parlante del cine mudo. ¿Habrá muerto? Si no ha muerto tiene, a ver, unos ciento veintidós años.

Y ese otro profesor del Centro, que dirigía el curso, ¿cómo se llamaba? Muy aliñadito él, muy compuestito, muy presuntuosito, hermano del sindaco di Roma. ¿Petrini? ¿Pietrini? ¿Pierini? ¿Prosperini? Años llevo tratándome de acordar, pero el nombre se me va, se me fue irremediablemente. Empezaba por pe. Acaso lo alcance a recordar en la hora de mi muerte, cuando lo saque a flote de la conciencia la calentura. Por lo pronto, servía para lo que sirven las tetas de los hombres, como profesor era una nulidad. Malo pero malo como sus películas. Varias dizque dirigió y no sé cómo. Sin poderlo meter en el desván seguro de los recuerdos, tengo a este profesor semiPetrini en el limbo del semiolvido, como un muerto insepulto. A veces me voy acercando a él como un gallinazo dando rodeos, poco a poco, piano piano, de a poquito, cerrando el círculo sobre el difunto para no irlo a espantar a ver si le atino. ¿Petrini? ¿Pietrini? ¿Peperini? ¡Qué va! Sé que empezaba por pe, pero a lo mejor tampoco. Yo soy un memorialista desmemoriado, que se da hasta el lujo de no recordar.

No me dejes, a propósito, olvidar Peñaranda que tenemos un sancocho en el fogón y que hay que comprar más carbón de leña. Que hay que ponerles también, de paso, en el patio, en el platón, agüita a los gorriones. Con eso de que la Divina Providencia no provee… Como mi tío Argemiro que ya murió, que ya salió de sufrir, que ya desocupó este moridero.

Yo, sinceramente, prefiero las cocinas viejas del recuerdo, ennegrecidas las paredes de tapia por el humo, con vigas, garfios y telerañas y tiritando uno de terror por la proximidad de las santas ánimas. A las cocinas de hoy día, de aluminio, prefabricadas, no se arriman los fantasmas. Ni una chispa que nos encienda la imaginación, ni un cuento de aparecidos. Ya no fosforescen los alegres huesos del difunto detrás de la mata de plátano. Todo muda, todo cambia pero para mal y la comida ya la dañaron, me sabe a nada, sosa, insípida en este desabrimiento del mundo que desertó de la manteca de cerdo y no sabe qué es un pecado mortal. Volvamos, en reversa, al tiempo de antes cuando se comía bien y se pecaba a conciencia, y que se nos acumule la manteca en las arterias y nos paralice, de dicha, el corazón.

He llegado a la conclusión de que el cine es como la novela, un género artificioso, mentiroso, condenado a envejecer con la vejez más triste y a desaparecer. ¿Qué es eso de andar partiendo la realidad en planos y eliminando dizque "los tiempos muertos" y como el teatro la cuarta pared del cuarto, metiéndose la indiscreción donde no puede estar, reptando por entre las sábanas en la mismísima cama de los amantes? Empieza, por ejemplo, un personaje a cruzar una plaza, y ¡pum! ya acabó de cruzar. Con un simple cambio de plano nos escamotearon todo el trayecto. Y yo digo, ¿por qué? ¿con qué derecho? no acepto. Ni acepto tampoco que un personaje sólo suba los primeros peldaños de una escalera y los últimos. A mí me tienen que mostrar la subida entera o que me devuelvan el importe del boleto. ¿Y que una "panorámica" o "panning" equivale a una mirada girando la cabeza? ¡Qué va! Uno arrastra en su cabeza el mundo entero.

Si el cine no tiene razón de ser, ni el teatro, ni la novela, ¿qué queda entonces? Hombre, queda la muerte, y en su defecto los recuerdos: el libro de Memorias, que es el género máximo. Ahora bien, ¿Memorias recordando al tendero, al carnicero, a los marihuaneritos de Medellín? ¿Y por las que pase un solo personaje famoso, Sartre, pero de lejos? ¿Se puede? Todo se puede en este mundo, Peñaranda, no digas nunca que no, no niegues el viaje en tren si vas montado en él. Pasa Sartre por mi vida y la Plaza Navona de Roma acompañado de Simonne de Beauvoir, su mujer, vestidita ella con un trapería viejo de colores chillones y la cara policromada, pintarrajeados los labios de carmín. Recuerdo que me hizo recordar a otra loca, de Medellín, "La Muñeca", a quien vi en mi infancia un domingo en el Bosque de la Independencia pero que no tenía, como la ilustre francesa, más compromiso ella que con ella, con su locura. Eran los tiempos de la locura clásica, cuando se podía sentir uno Napoleón. ¿A quién hoy le da por ésas? ¿Por ese enano? Rumbo al "Tre Scalini" de la Plaza Navona vienen Sartre y Simonne de Beauvoir:

se detienen un instante frente a la fontana de Neptuno y levantan un revoloteo de palomas.

Por la fuerza de las cosas volví a soñar con Roma, con la Plaza Navona y sus tres fontanas: que había vuelto, o mejor, que jamás me había ido; el mismo viejo sueño de siempre, doloroso. Y de dolor en dolor pasé a soñar con la abuela: "Abuelita: ¿hoy vamos a rezar novelas?". "Novelas no, niños bobos: novenas". "Las novenas las rezarás vos, pendeja, yo no, qué jartera". Sí, qué jartera. Casi tanta como una misa de tres curas en la iglesia salesiana, tres horas mirando al techo. Dicen que en la Francia clásica, que no conoció el inodoro, a las altas damas de la corte durante los interminables sermones de cuaresma de Bourdaloue (un Bossuetito desatado) les llevaban sus doncellas a la iglesia unas bacinicas o especies de patos que les metían por debajo de las faldas para que orinaran y demás, y que tomaron por nombre, en honor de tan ilustre orador sacro, el suyo, y se llamaron para la posteridad "bordelitos". Hoy un bordelito vale una fortuna. Yo tengo uno y te lo pienso dejar, Peñaranda, para el Refugio Franciscano, para los perros, y que lo vendan en subasta. Alguno de estos nuevos ricos del PRI lo puede comprar. Que le digan que es para tomar champaña.

Otra manía del cine que se me olvidaba: están los dos amantes de pie abrazados, entrelazados, ahogándose a besos. Y he aquí que ella se va desprendiendo, desprendiendo de él y bajando,

bajando, hasta salir de campo por abajo del encuadre, mientras la cámara, inmóvil como él, se queda sobre él. ¿Adónde se habrá ido ella? Yo digo que a la cocina a preparase un café. Pero espectadores mal pensados me aseguran que no, que no se fue, que ella ahí sigue abajo haciendo no sé que cosas. Que es una elipsis visual, que aprenda a ver cine, carajo.

¡Y venírmelo a decir a mí estos analfabetas cinematográficos! El cine es como la novela, un género novelero. Ay, novelero, como decía la abuela pero como no dirán mis nietos por dos razones: una, porque el que no tiene hijos no tiene nietos; y dos, porque la palabra se está muriendo como yo, y desapareciendo del idioma. Así pasa. Las palabras son como la gente, unas vienen y otras se van, unas suben de valor y otras bajan. Al girar la rueda de la fortuna de Cronos las que suben al pináculo se enaltecen. Por lo menos no viviré, Tonino Dávila, para cuando se dignifique "televisor". Mientras tanto siguen sacando del fondo de los siglos galerones fenicios, griegos, romanos, naufragados en el mar del tiempo, deshechas por las mareas de la eternidad sus jarcias y sus velámenes, corroídas por la sal las anclas. Y veleros españoles cargados de oro, del oro que nos robaron aunque nos dejaron, eso sí, en compensación, la sífilis. Y la burocracia. Y unas cuantas conjeturas travestidas de verdades eternas en cuyo nombre ardieron, con su cerrazón de leña, las hogueras de la Santa Inquisición. Después nos independizó Bolívar y lo que sigue es historia conocida, historia patria, infamia. Lo último que supe de Colombia (¿hace diez años?) fue que el partido liberal andaba más alzado que gallo petulante porque ganó unas elecciones —no sé cuántas curules en los Concejos, las Asambleas, las Cámaras, los Senados, las Presidencias— y que al partido conservador, como a perro veletas a los pies de comensal, le estaban dando migajas del presupuesto. Que tan famélico estaba que ya se lo andaba llevando el viento y que iba a desaparecer. En lo cual yerran. El partido conservador es como el liberal, eterno. Han nacido para lo que han sido y seguirán siendo y parrandeándose el futuro de Colombia si es que queda. Leyes, papeluchos, legajos, retóricas, jurisprudencias. El alma procedimentera de España vive en nosotros y el alto funcionario declaró… Pobre España. Menos mal que tienen a Cagancho y Manolete.

Y no me dejes pasar cura al cuarto, Peñaranda, que hoy no estoy para oír sandeces. Tampoco médico. El médico es lacayo de la Muerte, su emisario, y no está para curar, está para cobrar por anunciar a su patrona. Las enfermedades se curan o no se curan; si se curan, se curan solas. No las curan estas aves agoreras, embusteras.

La gruesa esa de condones que me quedó de tiempos idos me la metes, Peñaranda, con la "Vida de Domingo Savio" por Juan Bosco, inflada, en el ataúd: inflas uno por uno los ciento cuarenta y cuatro. Y así, sin amarras, sin lastre, inflado, al aire, al viento, sin claustrofobias ni tapas, que suba, que suba hasta la estratosfera que aquí abajo ya no cabemos más cadáveres. Lo único que lamento (y te lo digo con la gravedad de una campana llamando a muerto) es tener que irme de este negocio dejando mi obra inconclusa, mi "Vida y Milagros de Tuno Álzaga Unsué" sin terminar, sin acabar de probar mi postulado de que la biografía es el género máximo. Ésa empezaba, con alegre descomplicación, por el comienzo: "Tunito nació en la porteña ciudad de Buenos Aires, en una quinta espaciosa a orillas del Río de la Plata, de familia aristocrática". Y por ese tenor iba fluyendo, fluyendo el libro como ese río, ancho, holgado, caudaloso. Llevaba esta hagiografía o vida de santo un escueto epígrafe tomado de él: "¡Ese culo!"

A unos les da por unas y a otros les da por otras. A Bolívar el Libertador, Napoleoncito criollo, le dio por libertarnos de España. Y yo digo: ¿Por qué? ¿Con qué autorización? ¿Con qué derecho? ¿Quién me consultó? ¿Quién se la dio? Y aunque yo siempre he estado contra España y la quema de brujas (que las dejen volar, carajo, y adorar al diablo, y al cura celebrar su misa, negra, ortodoxa o heterodoxa, con cópula o sin) ¿por qué vienen a decidir por mí, a atropellar mis derechos? Qué tal si hoy se me antoja tener rey con infantas, ¿por qué me van a privar del gusto? Que bajen de ese pedestal en la plaza de Bolívar a ese enano culibajito, y que de paso le cambien el nombre a la plaza, que debe ser: "Plaza Mayor" y punto. Punto.

Estipula la segunda Ley de la Termodinámica que el orden de los seres vivos sólo se puede dar a costa de más desorden en el Universo. Cosa que me confirma la necedad del Creador: ¿qué es eso de ordenar desordenando? Está como esa sirvienta que tuvo Liíta que barría echando la basura debajo de las camas. Acepte, padre Tomasino, ahora que nos vamos a morir, que le gané la discusión. Y no le digo que cuelgue la sotana porque le queda más bien bien, se ve usted muy convincente y compacto. De civil iría a perder, en dignidad y gordura. Bendito en todo caso usted que aparte de la que se comió no tuvo durante su tránsito terrenal las tentaciones de la carne, como yo. Sólo las del espíritu por donde lo ha tentado Satanás, y se lo va a acabar llevando, poniéndole de anzuelo lo más deleznable que hay, la verdad. Por su libertad de pensamiento, su claridad del alma, su honestidad, conceda, acepte: Dueño y Señor del Caos Dios teje las trama de este mundo a la chambona, con sus caóticas manos.

En pleno derrumbe del castillo de naipes he de regresar a Colombia a acabar lo inconcluso. A Colombia, a Antioquia, a Medellín, a la casa de la calle del Perú del barrio de Boston donde nací, a morir, para que después de haber andado tanto por la vida no haya avanzado un ápice. Vieja casa, vieja calle, viejo barrio, cansados y venidos a menos como yo. Por lo menos así los vi en un lejano y apurado regreso al matadero. Y vi también la finca Santa Anita, lo que dejaron de ella: nada, ni la barranca donde se alzaba. Tumbaron los árboles, tumbaron la casa y barrenaron la montaña: a ras del suelo la cortaron para hacer un barrio, y en lo que fue la finca de mi infancia quedó un hueco. Es lo que me llevó a ver mi hermano Aníbal con su mujer y sus niños, ¿hace cuánto? ¿Veinte años? ¿Treinta?

—Allí estaba la portada y allí estaba el carbonero —les iba indicando Aníbal a sus niños señalando los lugares en el aire—. Y bajo el carbonero había un túmulo de piedras, y entre las piedras vivía una culebra.

Una culebra manchada, más venenosa que el partido liberal. Ahora era yo el que recordaba. Esas piedras, grandes, redondeadas, pulidas, eran los filtros de la finca que estaban donde estaban para drenar de tanta agua la montaña, hasta que al abuelo le dio por mandarlos sacar diciendo que eran una mina de piedra, y las amontonó en el túmulo y volvió a la finca un pantano. ¿Se imaginan, niños, una mina de piedra? ¡Lo que produciría! Es que el bisabuelito de ustedes (o sea mi abuelo) era loco, y la hija que tuvo, Liíta, su abuelita (mi mamá) salió igual: ¿no empezó a tumbar un día a Santa Anita buscando un entierro? El difunto en pena le iba indicando en sueños:

—Tumbe aquí, tumbe allá.

Y ella se levantaba a tumbar. Y tumbando,

tumbando, ya iba por el cuarto de Elenita y se pensaba seguir con el corredor delantero. En fin, qué más da, lo que no tumbó ella lo tumbó el tiempo. Por allí debió de estar el naranjo de las ombligonas, y por allí la palma real, altísima, en que se nos quemó una noche, enredado en su copete al azar el vuelo, un globo de ochenta pliegos en forma de cruz, ¿sí te acordás, Aníbal? La cruz enorme ardió en la oscuridad del cielo, como en homenaje al Ku-klux-klan… Y recordando, recordando en el vacío frente al hueco, llegamos al globo más grande que ojos humanos hubieran visto, de ciento veinte pliegos y con una candileja del tamaño de un balón, que se tragó no sé cuántos mechones de humo hasta que lo elevamos: desde el muro que daba a la carretera lo elevamos. Empezó a jalar, a jalar, y si no soltamos se va p'arriba con todos nosotros: veinte o más que se necesitaron. Y girando el rombo inmenso, enloquecido, como un trompo, se fue, se fue, se fue por el cielo abierto lanzándonos bocanadas de humo de despedida. Kilómetros y kilómetros lo seguimos, en dos carros, hasta que en el tope del mundo se nos acabó la carretera, en Sabaneta, por donde éste empieza a bajar dando la vuelta. Ya no se podía más. Lo vimos perderse en la inmensidad del cielo, seguro que rumbo a Marte pasando la estratosfera. Y como un mendigo de esos que cargan con tarros y cajas y latas y palos y harapos y que arman un desbarajuste al sacar algo, seguía yo sacando recuerdos y más recuerdos de mi memoria, basurero del tiempo. ¡Qué le vamos a hacer, los viejos nos volvemos así, anecdoteros!

—Y aquí estaban los cuatro mangos con sus ramajes tupidos tapando el cielo, y allí la pesebrera donde empezaba el platanar.

Y Aníbal les iba explicando a sus niños (que hoy ni vivirán y si viven irán pa viejos) dónde estuvo esto y aquello, calculando los lugares en el aire porque de Santa Anita no dejaron nada, ni la tierra en que se asentaba. ¿Qué punto de referencia estaba tomando mi hermano para decir que ahí fue lo uno y lo otro, que ahí fuimos tan felices? ¿Una nube? ¿La carretera? Entonces ocurrió el prodigio. Desde el cielo de las nubes empezó a caer sobre la carretera un pequeño globo rojo, de ocho pliegos, en forma de rombo. Unos muchachos corrían tras él. ¡Cómo! ¿Todavía en diciembre, en Medellín, a estas alturas, elevaban globos? ¿O era que el tiempo, como una lorita rabiosa, giraba sobre sí mismo tratándose de agarrar la cola para burlarse de mí, para enseñarme que Don Bosco tenía razón y que eran verdad los milagros? Enfrente de Santa Anita, cruzando la carretera, seguía en pie el convento de las hermanitas de no sé qué en que se convirtió (ya al final de la vida de mi abuela) la finca "San Rafael". ¡Qué tal! San Rafael mirando a Santa Anita, santos mirando santas, ¿se imaginan? Un golpetazo del viento lanzó el globo hacia el convento y salieron las monjitas y los muchachos se precipitaron sobre él. Pensé que como ocurría antaño lo iban a romper a pedradas pero no, tranquilamente lo recibieron en las manos, le sacaron la candileja humeante y lo plegaron.

—¿Y todavía queman pólvora en diciembre en Medellín? —le pregunté a mi hermano.

—Cada vez menos.

Y menos y menos y menos hasta que ya nunca más.

Ese regreso mío a Medellín ya también es pasado. Y bien lejano. Nunca me volverá a deparar la vida a Santa Anita, ni frente al vacío de Santa Anita la visión de un globo. Abuelo: Dando un pequeño salto sobre el infinito te quiero contar una cosa: en el hueco ese donde estuvo tu finca siempre sí construyeron el barrio. Un día, durante la temporada de lluvias, lo que quedaba de montaña arriba se vino abajo y lo tapó. Que mató a no sé cuántos. Lo cual, si te digo la verdad, me da más bien gusto. Aquí abajo ya no cabemos.

Ya no cabemos. La Muerte, mi comadre, se ha vuelto inepta, indolente, y está dejando para mañana lo que tiene que hacer hoy. ¿Se habrá cansado? ¿O es que, como decía mi abuela, ya no se da abasto? A la actriz Félix y al poeta Paz el viento de la eternidad sigue soplándoles años. Yo no sé por qué pasan estas cosas. Vino, por lo menos, a ayudarle a mi comadre, a aligerarle la carga, el sarcoma de Kaposi, un exquisito mataputos que está haciendo estragos. Y así a mi larga lista de los viejos muertos le estoy sumando la de los nuevos, gentecita sin mayor interés que no les presento ahora porque ya vamos de salida, como dijo monseñor, camino del aeropuerto. Y arrodíllense que voy a bendecir, aprovechen que hoy estoy dando indulgencia plenaria y canonizando santos. A México le canonicé al indio Juan Diego para que —ya que no ganaron ni jamás van a ganar el mundial de fútbol— tengan por lo menos santo propio a quien rezar y no anden velando santos extranjeros. ¡Y que se devalúe el santoral que lo que se han de parrandear otros papas nos lo parrandeamos nosotros!

¡Qué crepúsculo el de ayer, el de mi despedida! Un crepúsculo en rojo vivo rabioso, un cielo como de infierno. Diríase el último sol, el acabóse, la luz de Satanás iluminando el final del mundo. ¡Y qué! Qué importa que el mundo siga o no siga, no hay más muerte que la propia, no hay más final que el de uno. Y que despegue de una vez esta carcacha de Avianca, la mortecina, que ya vamos de regreso, traqueteando, para siempre, al matadero. Me abrocho el cinturón y me encomiendo a Satanás, a mi señor Luzbel, la luz, el Fiat lux, el principio de los principios. Si bien el diablo en sí mismo tampoco existe: Satanás es la mala conciencia de Dios. Los dos son Uno. Son la unidad dúplice o Santísima Dualidad. Y la hostia es comida y la bandera un trapo y no hay en español palabras más abyectas que pueblo y patria. Basura, demagogias. El pueblo es la chusma, la turbamulta con el culo sucio y la patria infamia. Me ha tenido que tocar la que me ha tocado para saberlo.

Colombia, Colombina, Colombita, pobrecita, asolada por los curas, los conservadores, los liberales, la roya del café y la roña de la burocracia más los capos, los secuestradores, los atracadores, los comunistas, los ciclistas. ¡Qué herencia la de la madre España! A veces, cuando se me va el sueño, me pregunto: ¡Qué! ¿No nos podía dejar un hueso más sustancioso? Y yo mismo me respondo: nadie da lo que no tiene. Curas y tinterillos es lo que nos heredó, un alma ensotanada de burocracia. Y esas ansias de figurar, de salir en el periódico, más apremiantes que un cólico a media noche. Que el candidato aseveró, que el presidente conminó, que su puta madre declaró…

Me palpitaba el corazón devoto, tembloroso de emoción porque iba a regresar, a mí, a Colombia, a mi pasado, como si la razón de mi vida hubiera sido irme para volver. Volví sí, pero al insidioso presente, a otra y otro. Colombia y yo habíamos cambiado, y cambiando, cambiando cada quien por su lado, nos habíamos ido alejando, alejando hasta el punto sin remedio ni retorno.

Pensé que íbamos a aterrizar en el pequeño campo de aviación de donde partí una mañana para Roma (¿cuántas eternidades hará?) y donde se mató Gardel y donde pastaban las vacas. Aterricé en un aeropuerto nuevo lejos de la ciudad, un invernadero de cristal en forma de gusano. Digo nuevo por desconocido, pues la opacidad que lo cubría y los rayones daban testimonio a gritos de que la sucia mano del Tiempo también había pasado por él, de suerte que si un día había sido nuevo ahora lo conocía viejo. ¡Qué viejos se habrán hecho también los niños en mi ausencia! ¡Y los muchachos! Un cielo de tormenta pesaba sobre la tarde cargado de nubarrones. No reconocí el cielo, ni reconocí la tarde, y el aire que pensaba encontrar puro era turbio. Por una carretera desconocida, entre desconocidos, tomé en un vehículo público el camino a Medellín. Entonces empecé a ver las vallas. Vallas y más vallas, vanidosas, noveleras, estúpidas, a lado y lado de la carretera con las efigies, descomunales, de los candidatos, los políticos jóvenes, nuevos, nacidos para presidentes de Colombia y mientras tanto aspirantes a los altos puestos, que venían a reemplazar a los viejos: de gafitas y gesticulando, pelando el diente en su oratoria y mostrando el puño a lo Gaitán que murió ¿hace cuánto? ¿Cien años? ¿De gafitas y amenazando? Pendejos. El que tiene gafas no amenaza, de un trancazo se las quiebran. Además, si no ven por ustedes mismos, ¿qué van a ver por Colombia? Mariconas, cegatonas, brutas, ¡por lo menos quítense esas gafas para la foto! Uno de esos cerdos parecía un sapo... Por la decimoquinta valla:

—Pare, pare —le ordené al chofer.

Y con perdón de ustedes me bajé del carromato a vomitar. Me acometió eso que mi viejo conocido Sartre llamaba La Náusea, novela de la que no recuerdo ni quién ni con quién ni por qué, sólo lo esencial: el vértigo de la vomitiva existencia. Retomamos el camino y seguimos viendo vallas. Con estos hijos de puta, sus hijos, me recibía Colombia. Colombia la irredenta que cambiaba y no cambiaba, que se transformaba pero que seguía igual. Los países somos como los cristianos, aferrados a nosotros mismos no cambiamos, y nos arrastra hacia el hueco, de culos, el ancestro. Pobre Colombia, mi Colombia. Y aquí sigo en este carromato bajando de curva en curva a Medellín, cargando con mi pasado siempre presente. ¿Cuánto lleva la humanidad creyendo que se puede regresar? ¿Desde Ulises? Es un viejo y necio error, no se puede regresar. Uno regresa en el espacio pero no en el tiempo. Y el que regresa es otro.

Brujita: Te prometí llevarte un día a Medellín a conocer el cielo, pero con los años el cielo se me ha ido juntando con los infiernos, y en esta barahúnda ya no distingo a Dios del Diablo. ¡Y qué, lo mismo da que sean peras o manzanas! Son teologías, demonologías, arterías jesuíticas. Arriba entre coros celestiales o abajo al lado de Sartre, la eternidad se me hace igual de eternamente aburrida. Tal vez no he puesto mucho de mi parte o no ha puesto un poquito de su parte el mundo, pero este negocio, padre, no funcionó. Empieza uno perdiendo la fe y acaba perdiendo la esperanza. Sin la esperanza de una esperanza, girando el mundo, mirando al techo, me acomete a ratos el mismo desasimiento de las cosas humanas que enfermó a mi abuela: jamás fue Raquelita a un baile ni vio una película, ¿me lo pueden creer? Se murió creyendo en Dios pero negando el cine, lo cual, en mi opinión, está bien: el cine es más falso que la novela. Y aquí me tienen espantando los recuerdos importunos de los muertos como moscas. Con incienso se van, lo cual quiere decir que son agentes oficiosos de Satanás.

Y en tanto viene la Muerte a apagarme el tinnitus en la paz de la nada, le sigo poniendo el espejo a la luna para que se refleje, y que el espejo a su vez se refleje en ella y se reboten la imagen, hasta que yendo y viniendo, de arriba abajo, yendo y viniendo, de tanto ir y venir la luz se apague y desista, se canse, se harte. ¿Y si en vez del cuarto oscuro, a pleno sol en una playa de palmeras? En uno u otro pero no en los dos porque nadie se suicida dos veces, señorita. Escoja y pague y que pase el próximo paciente.

Mas si el Tiempo oprobioso pasó por Santa Anita con borrón y cuenta nueva, haciendo estragos, en el barrio de Boston me ha recibido con una de sus jugarretas más burlonas: no lo ha tocado. Le ha soplado simplemente encima polvo y años. Las calles iguales, las casas iguales, las puertas iguales, las mismas fachadas, las mismas ventanas, los mismos balcones, sin una construcción nueva ni un edificio, tal como lo dejé de niño. Para darme gusto y de paso una lección, en el barrio de Boston el Tiempo se detuvo, pero al hacerlo lo mató.

Lo que cambia irá camino de la muerte pero lo que no cambia ya está muerto. Por última y definitiva vez he vuelto al barrio de mi niñez a constatar la inexorable decadencia que nos espera a todos: hombres, perros, gatos, naciones. Ante la casa donde nací, en la calle antaño bulliciosa y viva de niños y desierta ahora, por la puerta entreabierta del zaguán por el que entró y salió mi infancia se veía el interior: el corredor y el patio: pequeñitos, como si se hubieran encogido sin lavarlos. Los recordaba más amplios, y la casa más alta y la calle más ancha. Eran las magnificaciones del recuerdo, los cambios que trae la vida en las perspectivas, las dimensiones, las ilusiones. Ni la casa había cambiado ni la calle; el que había cambiado era yo, el niño que se hizo viejo. Viejo como las baldosas del patio, desvaídas, deslucidas. Y la sinrazón y el sinsabor y el desconsuelo, y lo que pudo haber sido y no fue… Carajo, estoy hablando con la letra de un bolero, perdón. Lo que sea. En el Medellín de los modernos centros comerciales, los pasos a desnivel, los puentes, las avenidas, las discotecas, en la ciudad cambiada, nueva, ajena, dejado de la mano de Dios, a orillas del tiempo, mi pobre barrio de Boston estaba más quieto y más muerto que una foto. Y mi casa, que a simple vista parecía igual, por dentro se desmoronaba en ruinas. Eran las ruinas interiores, las que se sienten con el alma aunque con los ojos no se ven. Si no entro pronto a morir esta casa se muere antes que yo. Entonces quise llamar para preguntar una cosa y rogar otra: si aún vivían en las tapias de la casa los alacranes; y que me dejaran pasar a morirme. ¿No será la máxima obra de caridad dejar entrar a morir al moribundo? ¡Y quién se encarta con un cadáver, con otro más! Con más de los que "habemos" como diría Echeverría el honesto ex presidente, ¿si aquí abajo ya no cabemos? Sobre mi viejo barrio de Boston ya no soplaba la felicidad, soplaba la desdicha. Palabras ininteligibles decía el viento.

De tejas abajo, de puertas adentro, con la conciencia desmantelada, sin la luz de un foco —en el aquí que no sé es dónde y en el ahora que no sé es cuándo— me pregunto si no regresé a Medellín, a la casa donde nací y donde transcurrió mi infancia, a reunir los últimos restos del naufragio, ¿para que juntos se acabaran de hundir mejor? Para lo que resta (si es que resta), cuando diga aquí es el país del "ái se va", de la chambonería y la obra mal hecha, dejada a medias, deshonesta, donde los puestos públicos son cotos de caza por donde el que pasa, si es que pasa, pasa pero dando mordida o coima. Ahí te dejo, Peñaranda, en el escritorio, en el cajón, plata para las coimas de mi entierro. No les des más de la cuenta a estos hijos de su pelona.

A la hora canónica de vísperas cuando el sol se pone afuera, he entrado en la catedral. Ya la luz se apaga en los vitrales. Es el último sol, el de los tiempo idos. En el ábside el cabildo —diáconos y subdiáconos, prelados con jurisdicción, obispos de primera silla— cantan su oficio de tinieblas. En las vastas naves nadie, sólo yo, vacía la catedral de la grey insulsa. ¿Será que en esta ciudad de mercaderes que desertó de Dios yo seré el último? Fiel a mí mismo y a mi necedad irredenta, siempre a la antepenúltima moda, yo seré el último, claro que sí. Y me pienso morir con los vencidos. Que Medellín se muera como quiera, invadido por la chusma, hincado ante los capos, los nuevos ricos, que a falta de eternidad le pueden dar un sueño de riquezas, otro embeleco. Somnolientes arrastran los oficiantes sus liturgias, se rebotan de banda en banda sus antífonas. ¿A quién le cantarán? ¿A quién le dirigirán sus ruegos si no hay nadie? De súbito callaron las voces en el coro y vi las sillerías desiertas: se habían ido sin anunciar, sigilosos, como sombras. Y se quedaron sus latines empolvados resonando en la penumbra, reverberando en el polvo del último rayo del sol, que moría en los vitrales. Entonces me desdoblé y me fui yendo hacia arriba, hacia las altas bóvedas de las anchas naves por el vasto ámbito, hasta que me pude ver y dominar la catedral entera, llena del vacío inmenso de Dios. ¿Qué hacía en esa iglesia desierta de una ciudad ajena ese viejo forastero? ¿Con qué objeto había venido? ¿Quién lo había traído? Abriéndose paso por la penumbra un nombre le iluminó la conciencia a raudales: Raquel Pizano, que decía "forastero", no "extranjero". ¡Claro, Raquel Pizano, la abuela! Entonces vi desde lo alto al viejo arrodillado, pequeñito, allá abajo, la cabeza vencida contra el respaldo de la banca delantera, ocultándola entre los brazos para que nadie pudiera saber que lloraba. ¿Y quién lo iba a saber, viejo decrépito? El viejo se levantó, se limpió la turbiedad de los ojos, desanduvo la catedral, y saliendo de la catedral entró en la oscuridad de afuera. Sus pasos, mis pasos, lo fueron llevando, me fueron llevando por el camino archisabido, cruzando el parque, hacia el Café Miami. No lo encontró. Hacía años y años que lo arrasó un incendio. Para toda la eternidad.

Por la carretera de Santa Anita a Sabaneta, en las caminatas de las noches de diciembre se sentía palpitar el Universo. Las estrellas fulgían en la oscuridad del cielo nítidas, pesando sin atenuaciones sobre los destinos humanos. Solíamos salir a ver pesebres. Pesebres, que en unos lados se llaman "nacimientos" y en otros "belenes", atomizados como nos dejaron de la España grande que fuimos en paisitos. Pues los pesebres se hacían en Antioquia con papel encerado para que pegara el musgo, y en pendiente pues Antioquia es en pendiente, con cien pueblos encaramados en las montañas, y arribita, arribita en lo más alto de la montaña se pone la pesebrera para que nazca el Niño Dios. Había pesebres tan grandes que ocupaban los dos cuartos de la casa, de la humilde casita campesina, los dos enteros. Se saldrían sus moradores a dormir a la intemperie con las vacas para que cupiera el pesebre, y en el pesebre tantas ovejas y carritos y pastores y hasta un león, como lo oyen, un león en Galilea, y una plaza con su iglesia y casas, y un lago que era un cristal que era un espejo en el que nadaban los patos quietos. Y las casas de la plaza iluminadas con foquitos de colores por dentro, tan alumbradas como en las noches está alumbrada Antioquia a la que le sobran electricidad y cascadas, despeñándose juguetonas sobre los cien pueblos. Frente a la "bomba de gasolina" o gasolinera de un paraje que se llama "Bombay", está una casita de las que he dicho, con un pesebre de los que he dicho pero el más espléndido. Uno como ése en ningún otro rincón de la Vía Láctea. A través de los barrotes de la ventana de par en par abierta para que el que pasara se detuviera en el corredor a ver, a admirar, estamos mis hermanos y yo viendo, admirando. Mis hermanos y mis tíos y mis primos y ese familión enorme que me llovió del cielo excepto los abuelos, que se quedaron en Santa Anita rezando una novena u oyendo una radionovela. Entonces, como por milagro de san Nicolás de Tolentino o de la lámpara de Aladino, de sopetón el cuarto se vació de pesebre y vi en su lugar, escribiendo en un escritorio negro, a un viejo. Y una perra negra a su lado, esbelta, grande, hermosa, cuidándolo. Y el niño que desde afuera se veía adentro viejo musitó el nombre: "Bruja". Eso, Bruja, eres tú.

Ni en los barcos de Ulises ni en los aviones nuestros que sólo llevan al mísero presente: en la escoba de una bruja. Sólo se puede emprender el retorno a los tiempos felices en la escoba de una bruja, volando entre gallinazos y globos encendidos sobre la limpidez del paisaje y siguiendo el río, pero a contracorriente, negándolo. Sólo así. Y así te he llevado, Brujita, a Medellín, volando por el cielo de "Los Días Azules". A ese volumen, o capítulo, de este mamotreto le puse ese título para significar los tiempos felices de la niñez (la mía, pues para mí no hay otra como no hay más muerte que la propia), en Medellín, en la finca Santa Anita oyéndole los cuentos de brujas a la abuela. ¿Pero será que de veras existen en este mundo las brujas? Voy a contestar como contestaba la vieja sabiduría de Antioquia: "Que las hay las hay, pero no hay que creer en ellas". Cosa que no entiendo, porque ¿por qué no puede uno creer en ellas? Yo sí creo. Y en la felicidad también creo. Lo que pasa es que la felicidad es una pompa de jabón que da visos, pero que no bien uno la mira se revienta. Uno tiene que ser feliz sin saberlo. ¡Qué iba a saber yo de niño que era feliz! Más aún: qué iba a saber que lo era de viejo, cuando empecé esa tarde "Los Días Azules" contigo a mi lado, Brujita, que ya no estás… Lo que siempre sí está claro es la desdicha. Ahora que tu muerte, niña, me ha vuelto a los recuerdos, recuerdo la tarde feliz en que empecé el libro. Lo empecé a la aventura, como he vivido, sin saber cómo ni hacia dónde ni por qué carajos. O mejor dicho sí, sabiendo que debía terminar aquí como empezó, por mi más lejano recuerdo, con un niño tocado de irrealidad dándose de cabezazos rabiosos contra el piso porque el mundo no hacía su voluntad, la mía, con esta necedad obstinada que fue la única herencia que me dejó mi abuelo: "¡Bum! ¡Bum! ¡Bum! La cabeza del niño, mi cabeza, rebotaba contra el embaldosado duro y frío del patio, contra la vasta tierra, el mundo, inmensa caja de resonancia de mi furia. ¿Tenía tres años? ¿Cuatro? No logro precisarlo. Lo que perdura en cambio, vívido, en mi recuerdo, es que el niño era yo, mi vago yo, fugaz fantasma…"

Los días azules
FERNANDO VALLEJO

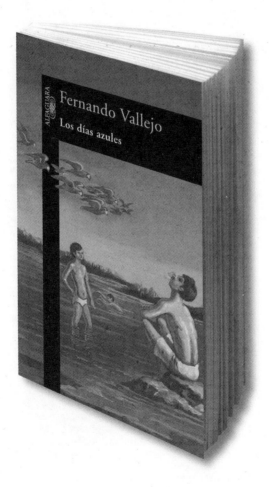

ALFAGUARA

El fuego secreto
FERNANDO VALLEJO

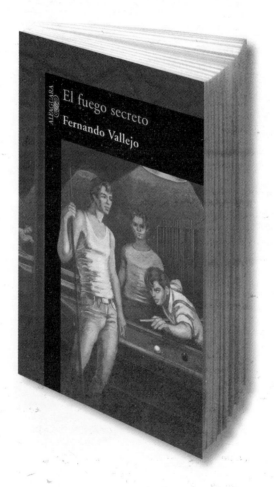

www.alfaguara.com

Los caminos a Roma
FERNANDO VALLEJO

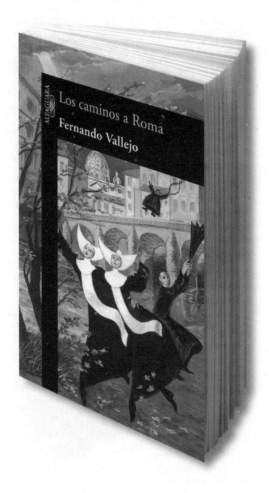

Años de indulgencia
FERNANDO VALLEJO

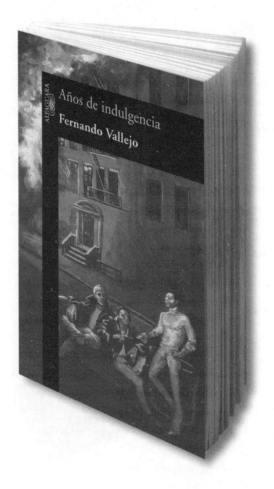

Este libro se terminó de imprimir en los
talleres gráficos de Editorial Nomos S.A.,
en el mes de marzo de 2005,
Bogotá, Colombia.